宿願！御家再興

椿平九郎 留守居秘録 8

早見 俊

時代小説

二見時代小説文庫

宿願！御家再興——椿平九郎 留守居秘録8

目次

第一章　許されざる末期養子《まつごようし》　7
第二章　呑兵衛《のんべえ》医者　64
第三章　我儘三昧《わがままざんまい》の奥方　121

第四章　二重の毒　176
第五章　幻の再興　236

宿願！　御家再興――椿平九郎 留守居秘録8・主な登場人物

椿《つばき》 平九郎《へいくろう》清正《きよまさ》…若くして羽後横手藩《うごよこてはん》江戸留守居役に抜擢された、横手神道流《しんとうりゅう》の遣い手。

権藤備前守《ごんどうびぜんのかみ》 義孝《よしたか》…出羽国《でわのくに》角館藩《かくのだてはん》二十万石の大名。支藩に嫁いだ房子《ふさこ》の実弟。

大内盛清《おおうちもりきよ》……羽後横手藩先代藩主。江戸下屋敷で趣味三昧《しゅみざんまい》の気楽な暮らしを楽しむ。

お紺《こん》……「横手誉《よこてほまれ》」を江戸で広めようと出店した小料理屋横手小町《よこてこまち》を任された娘。

弓削一真《ゆげかずま》……大内家の下屋敷に出入りする軍学者。改易となった羽黒藩の早耳番の頭《かしら》。

平野純一郎《ひらのじゅんいちろう》……弓削の私塾の講義を受け持つ。早耳番時代からの弓削の片腕。

権藤正和《ごんどうまさかず》……改易となった羽黒藩権藤家の藩主。突如謎に満ちた死を遂げる。

権藤秋千代《ごんどうあきちよ》……家督を相続する直前に、父に続き死亡した正和の嫡男。

権藤亀千代《ごんどうかめちよ》……正和の側室、お志津の方が産んだ男子（亀吉）。

志津《しづ》……炭問屋弁天屋を切り盛りする女主人。亀吉の母。

権藤房子《ごんどうふさこ》……正和の正室。悋気が強く側室のお志津の方と亀千代を藩邸から追放した。

佐川権十郎《さがわごんじゅうろう》……盛清に「気楽《きらく》」と綽名《あだな》された大内家出入りの旗本。宝蔵院流槍術《ほうぞういんりゅうそうじゅつ》の達人。

川野順三《かわのじゅんぞう》……羽黒藩御広敷用人《おひろしきようにん》として正室、房子に仕えていた藩士。

藤間源四郎《とうまげんしろう》……大内家の凄腕の忍び。どんな職業の人間にも成りきれる変装の名人。

村上法庵《むらかみほうあん》……神田相生町に住む、羽黒藩の藩医を務めていた老医師。酒好きで知られる。

第一章　許されざる末期養子《まつごようし》

一

「美味かった。御馳走さま」

椿平九郎《つばきへいくろう》は礼を述べ、勘定をすませた。

神田明神下《かんだみょうじんした》にある小料理屋横手小町《よこてこまち》だ。国許、出羽国《でわのくに》横手名産の清酒、横手誉《ほまれ》を堪能《たんのう》できる。

「横手誉、好評のようだな」

店内を見回し平九郎は女将《おかみ》のお紺《こん》に語りかけた。夕暮れ時、仕事を終えた職人風、行商人風の町人たちが賑やかに酒を酌み交わし、お紺手作りの肴《さかな》を味わっている。

耳に入ってくる言葉は、

「この酒、美味いな。さらっとして喉越しがよくてよ」

「ああ、いくらでも飲めるぜ」

「馬鹿、飲み過ぎると明日、仕事になんねえぞ。ま、いいか。どうせ、おめえは数に入っちゃいねえからな」

「親方、そいつはご挨拶だ」

などと、横手誉は江戸っ子にも受け入れられている。

江戸では上方《かみがた》から運ばれてくる下《くだ》り酒が好まれた。なんと、年間百万樽もの酒が江戸に下ってきたという。特に伏見《ふしみ》、池田《いけだ》、灘《なだ》の造り酒屋で醸造される清酒は人気があり、関東地回りの酒は、「安かろう、まずかろう」と口の奢《おご》った江戸っ子には不評だったのだ。

そんな江戸っ子には、出羽産の酒など見向きもされなかった。平九郎が仕官する横手藩十万石大内山城守《おおうちやましろのかみ》盛義《もりよし》は領内の殖産振興策《しょくさんしんこうさく》として横手の清水《しみず》と米で醸造した横手誉を保護し、江戸でも売り出そうと昨年末に小料理屋横手小町を開いた。

女将を任せたお紺は大内家の上屋敷で江戸勤番の藩士たち相手に、煮売り屋を営んでいた。美人ではないが愛嬌《あいきょう》のある顔立ち、何よりも明朗快活で接客に長《た》けている点が評価されて横手小町を任せたのだった。

まさしく成功であった。

開店当初は馴染みのない出羽産の酒であることに加え、国許からの運賃が売値を押し上げ、来店客には受け入れられなかった。

それが、横手から米と大量の水、更には杜氏《とうじ》と蔵人《くらびと》を下屋敷に呼び寄せ売価を下げることができたこと、それ以上にお紺の接客により、神田界隈《かいわい》では酒通《さけつう》を自認する者たちの評判を呼び、取り扱いたいと希望する酒問屋が現れてきた。

横手誉普及の責任者である平九郎の喜びはひとしおである。

平九郎は、幕府や他の大名家との折衝《せっしょう》に当たる留守居役の任にある。通常、留守居役は折衝能力のある年輩の藩士が勤めるのだが、平九郎は異例に若い三十歳だった。

小袖に黒紋付を重ね、仙台平の袴を身に着け、長身ではないが、引き締まった頑強な身体つきだ。ただ、面差しは身体とは反対に細面《ほそおもて》の男前、おまけに女が羨《うらや》むような白い肌をしている。つきたての餅《もち》のようで、唇は紅《べに》を差したように赤い。

平九郎はお紺の努力に礼を言い、

「殿が参勤で江戸にいらしたら、そなたに感状《かんじょう》と褒美をくださるぞ」

藩主盛義は卯月《うづき》に国許から参勤で江戸にやって来る。今日は文政《ぶんせい》六年（一八二三）の弥生《やよい》十五日、盛義の江戸到着は卯月の二十日だから、一月《ひとつき》余り後だ。

「うれしい。殿さまのご期待に沿うよう、じゃんじゃん横手誉を売りますね」

お紺は満面の笑みで答えた。

変に遠慮したり、杓子定規《しゃくしじょうぎ》な言葉を返さないのがお紺の好《よ》いところだ。楽しみにしておれと語りかけてから戸口に向かう。

「あら、熊《くま》さん、徳利《とっくり》が空《あ》いているわよ。親方、今度は冷やにしますか」

早速、お紺は横手誉を勧めた。

愛宕大名小路《あたごだいみようこうじ》にある上屋敷への帰途、

「火事だぞ!」

という声と共に夕空を炎が焦がし、半鐘《はんしょう》の音が耳をつんざいた。火元は横手小町から一町程南に歩いた炭《すみ》問屋だった。

幸いにも類焼《るいしょう》の恐れは大きくないため周囲を野次馬がたむろしている。野次馬をかき分け、怒声を浴びせながら火消したちが忙しく消化活動に当たっている。

「すっこんでろ、見世物じゃねえぜ」

火消し人足が野次馬を怒鳴る。

しかし、野次馬はひるまない。火事と喧嘩は江戸の華、年がら年中、何処かで火事が起きている。火事で焼け出されても失う財産などない庶民の中には火事場見物を楽しみとする者も珍しくはない。

そんな野次馬を邪魔者扱いする火消したちにも自分たちの見せ場だとばかりに気取る者がいた。

「助けて、助けてください」

すがるような女の声が耳に届いた。

平九郎は女の前に立った。

「息子が、息子が家の中に」

女は訴えかけてきた。

「よし、わかった」

平九郎は燃え盛る炭問屋に足を向けた。炭問屋は二階から屋根にかけて炎に包まれ黒煙が取り巻いている。

するとし、

「お侍さま、ここはあっしが」

男は刺《さ》し子《こ》の長半纏に股引《ももひき》を穿《は》き、背中にはよ組と記されていることから町火消しだ。町火消しは火事の多い江戸の防火対策として享保《きょうほう》三年（一七一八）南町奉行大《おお》岡越前守忠相により設けられた。いろは四十八組と本所深川十六組から成り、各組には二百人程の人足が属している。

火消しは自分が助けに行くと申し出たが、

「子供はわたしが助けるから、そなたは火を消すことに励んでくれ」

言うや平九郎は手早く黒紋付の羽織と小袖と袴を脱ぎ下帯《したおび》一丁《いっちょう》となった。春とはいえ、夜風が裸身には厳しい。幸いなことに、横手誉でほろ酔い加減の身体が引き締まった。

気合いを込め天水桶《てんすいおけ》の水を被った。悲鳴を上げたくなるような冷たさに包まれ、子供を助け出すという使命感に駆られた。

深呼吸をしてから炭問屋に飛び込んだ。幸い、一階には火が回っておらず黒煙が立ち込めているだけだ。煙の中から子供の泣き声が聞こえる。男の子のようだ。平九郎は黒煙を吸い込まないよううつむきながら声を頼りに駆け寄った。

小上がりの板の間に少年が一人取り残されていた。

平九郎は、

「もう、大丈夫だぞ」

と、少年を抱き上げた。

少年は泣きやみ、平九郎を見つめた。

七つか八つくらいだ。煤《すす》で汚れた顔ながら何処となく品格を感じた。

少年の胸の鼓動を感じたところで天井から火の粉が舞い落ちてくる。今にも天井が抜けそうだ。平九郎は火の粉から少年を守りながら大急ぎで外に出た。

その直後、二階にも火が燃え広がった。野次馬からやんやの喝采《かっさい》が上がったが、誇るよりも安堵の気持ちが涌き上がり母親を探した。母親は走り寄って来て少年を抱き上げた。少年救助の緊張と火事場に近いことから寒さを忘れていたが、葉桜の時節でも、日暮れ時は寒い。

母親から手渡された乾いた布切れで身体をごしごし拭き、脱ぎ捨てた小袖と袴を身に着け、黒紋付を手早く身にまとい野次馬の群れにちらりと目をやった。

——あれは——

侍たちがじっとこちらを窺っている。羽織、袴姿なのはわかるが揃って黒い頭巾《ずきん》で顔を隠していた。どこかの藩の勤番侍が外出中に江戸名物の火事に遭遇し、見物を決め込んだが体裁《ていさい》を気にして顔を隠しているのだろうか。

立ち去ろうとしたところで、

「ありがとうございます。本当にありがとうございます」

助けた子供の母親から引き止められた。無碍《むげ》にはできない。

「礼なぞ無用だ。それより、良かったな」

平九郎は少年の頭を撫でた。少年の笑顔を見ると大きな喜びが胸一杯に広がった。

水を浴び、乾いた布切れで身体をこすったせいで冷水摩擦の効果を生み上半身はぽかぽかとした。それに対し下半身は濡れたままの褌《ふんどし》を身に着けているため、じめっと気持ちの悪い冷たさだ。

母親に促され、

「亀吉《かめきち》、お侍さまにきちんとお礼を言いなさい」

「お侍さま、ありがとうございました」

亀吉と呼ばれた少年は元気一杯の声で礼を言うとぺこりと頭を下げた。母親の躾と亀吉の素直さを感じさせた。

母親は志津《しづ》と名乗った。

炭問屋を営んでいる亭主の身が気になったが、お志津が動揺していないところを見ると無事なのだろう。奉公人たちは全て避難を終えたそうだ。

「失礼ですが、お名前を……」

火事の片づけができたらお礼に行きたい、とお志津は平九郎の素性を問いかけた。

「気にせずともよい」

平九郎は名乗らずに去ろうとした。

すると、

「畏れながら権藤《ごんどう》さまの御家中でいらっしゃいますか」

お志津は確かめてきた。

権藤とは出羽国角館《かくのだて》藩二十万石、権藤備前守義孝《びぜんのかみよしたか》を藩主とする大名家だ。出羽国は広い。大きく羽後《うご》と羽前《うぜん》に分けられ、横手藩は羽後、角館藩は羽前であるが同じ出羽の大名家ということで交流はある。

また、角館藩は二十万石の国持ち格、羽前の羽黒《はぐろ》に三万石の支藩があった。あったというのは、三年前に改易《かいえき》の憂き目にあったのだ。お志津が平九郎を権藤家の家臣かと見当をつけたのは店が権藤家の藩邸に出入りしているからだろうか。

ともかく、

「権藤家の者ではない」

とだけ言い残して平九郎は足早に歩き去った。

幸いにも火事騒ぎは鎮《しず》まり、神田川に至る頃には町は落ち着きを取り戻していた。

夜の帳《とばり》が下りたため、人通りはなく町屋の大戸《おおど》は閉じられている。

満月に照らされた建物の影が闇の中に薄っすらとおぼめいていた。

すると、数人の侍が平九郎の前を塞いだ。黒頭巾で顔を隠している。火事場見物をしていた連中だ。

「わたしに御用ですか」

声をかけながら平九郎は相手の動きを注視した。彼らからは並々ならぬ殺気が感じられる。

果たして、答える者はなく、一斉に抜刀した。侍たちは六人、火事場見物の野次馬が一瞬にして命を狙う敵と化した。

が、次の瞬間、

「引け！」

真ん中の男が声をかけると侍たちは風のように立ち去った。

二

明くる十六日の朝、平九郎は南町奉行所与力大川伝八郎《おおかわでんはちろう》の訪問を受けた。屋敷の使者の間《ま》で平九郎は大川と会った。以前より大川とは交流を持っている。大名家の留守居役は南北町奉行所の与力とは懇意にしている。藩士が町人といさかいを起こした時、穏便に済ませてもらうため、誼《よしみ》を通じているのだ。

裃《かみしも》に威儀《いぎ》を正した大川は満面の笑みで火事場での平九郎の活躍を褒め称えた。

「いやあ、まったくお見事なご活躍。まこと、武士の鑑《かがみ》でござりますな」

と、歯の浮くような台詞《せりふ》を並べ立て奉行の感状を渡した。

「運が良かったですよ。もう少し、火が回るのが速かったら手遅れになっていましたね」

思い出したらぞっとした。

「まさしく、それです。椿殿の果断《かだん》なる行い、見習わなくてはなりません。さすがは虎退治の椿殿」

大川は平九郎を絶賛した。

虎退治とは、三年前の正月、平九郎が藩主盛義の野駆けに随行した折に発生した出来事である。

向島《むこうじま》の百姓家で休息した際、浅草《あさくさ》の見世物小屋に運ばれる虎が逃げ出し、盛義一行を襲った。平九郎は興奮する虎を宥めた。ところが、そこへ野盗の襲撃が加わった。

平九郎は野盗を退治する。野盗退治と虎の乱入の話が合わさり、読売は椿平九郎の虎退治と書き立てた。これが評判を呼び、横手藩大内家に、「虎退治の椿平九郎あり」と流布されたのである。

この時の働きを見た江戸家老で留守居役を兼務する矢代清蔵《やしろせいぞう》が、馬廻り役の一員だった平九郎を留守居役に抜擢したのだった。

ふと、

「あの……」

昨夜、あやうく刃を交えるところだった黒頭巾の連中が思い出された。

「いかがされた」

大川も興味を抱いたようだ。

「いや、大したことではないのかもしれませぬ」

大川に訊くようなことではないような気になって一旦《いったん》は問いかけをやめた。

「なんでござる」

そう言われると気にかかる、と大川は言った。思わせぶりな言葉を口に出した自分が悪いのだが、安易に話すのは躊躇《ためら》われた。相手は何処かの大名家の者たちと思われた。大名家同士のいさかいに町奉行所を介入させるわけにはいかない。口止めすれば大川が他言《たごん》することはなかろうが、何かの拍子で幕府の耳に入らないとは限らない。

話すまいと決め、無難な話題に変えた。

「昨夜の火事、小火程度だったのが不幸中の幸いであったのですが、いささか、大袈《おおげ》裟《さ》というか、火消しの出役がずいぶん大がかりだったような気がします」

「なるほど、それは、そうかもしれませんが、まあ、火事というものは油断しておりますと、燎原《りょうげん》の火の如く燃え広がってしまいます。まあ、賢明な措置であったと思いますな」

大川は説明した。

「そうですな」

異論を加えることなく、平九郎は大川の言葉を受け入れた。

「いや、実に大したお働きでござりました。本当によかった」

大川は賞賛を繰り返した。

「そう言えば、あの子の父親は無事だったのですか」

素直でどことなく品のある亀吉の顔が脳裏に浮かぶ。

「父親はおりませぬな」

大川は答えた。

「すると、女将……確かお志津と申しましたが、お志津が女手ひとつで亀吉を育てておるのですね。余計な詮索《せんさく》ですが、お志津の亭主は病で亡くなったのですか」

「あの炭問屋、弁天屋《べんてんや》というのですが、お志津が亀吉を連れてやって来たのは三年前なのです。それまでは、お志津の叔父が主《あるじ》だったのです。叔父は隠居したかったのですが、子がなくて姪《めい》のお志津に店を任せたのです。ま、実際の切り盛りは番頭や手代《てだい》がやっていますから、お志津は弁天屋の看板ですな。奉公人や近所の連中もお志津の優しさ、気遣いのできる人柄に好感を抱いて店の名の通り弁天さまのようだと評判ですよ。それに、番頭、手代がしっかり者ばかりですからじきに商いは再開されましょう」

火事の多い江戸の商家は店が再建できるよう木場《きば》に材木を預けている。弁天屋も火事被害から遠からず立ち直るだろう。

それはいいのだが肝心の亭主のことがわからない。

すると大川は平九郎の心中を察してか亭主について言及した。

「お志津は亭主と死別したようですな。何をやっていたのかはわかりませんが……」

お志津は亡き亭主のためにも亀吉をしっかりと育てているのだろう。

大川を玄関まで見送った。

すると、

「椿殿、少々よろしいか」

と、馬廻り役の秋月慶五郎《あきづきけいごろう》に呼び止められた。平九郎と同年配、実直を絵に描いたような男だ。

「ならば、お茶でも飲もうか」

平九郎は秋月と連れ立って藩邸内の出店に向かった。古着屋、青物屋、酒屋などの生活用品や刀の研《と》ぎなどの出店が軒《のき》を連ねている一角にある茶店に入った。茶と草団子《くさだんご》を注文してから用向きを問いかけた。

「早耳番《はやみみばん》のことです」

秋月は声を潜《ひそ》めて言った。

平九郎は秋月の顔を見直した。

早耳番とは、大内家で新設の計画が持ち上がった忍びの組織である。

発案は大殿《おおとの》こと盛清《もりきよ》である。

天下泰平の世にあって忍びを組織するとは時代にそぐわないし、幕府から勘繰られるとあって、さすがに重臣たちは異を唱えたのだが盛清は聞き入れない。

藩主盛義が国許とあって、いや、江戸在府の時も盛清は藩政に口出しをすることもある。横手誉を江戸に広めよというのも盛清の命令であった。

「あれは、まだ発足《ほっそく》すると決まったわけではない」

という平九郎の言葉に、

「椿殿、耳にしておられぬのか」

秋月は訝《いぶか》しんだ。

「何を……」

平九郎は首を傾げた。

「早耳番の頭《かしら》は椿殿ですぞ」

秋月は言った。

「いや、そんなことは」

実際、初耳である。

「まこと、耳にしておられぬのか」

秋月が勘繰るのも無理はない。

「今のところは……」

胸騒ぎを覚えながら平九郎は答えた。

そもそも、盛清が早耳番なる隠密《おんみつ》組織を作るべきだと主張した背景には、幕府の動き、諸大名家の動きを正確に、しかも迅速《じんそく》に集めるためだということがある。加えて盛清は家中の引き締めを言い立てている。

泰平に慣れきった武士では役に立たない、ということだ。

もっともな意見ではあるが、隠密というのは技量が求められる。にわかの鍛錬で身に着けられるものではないのだ。しかし、早耳番に所属すると、手当が支給されるとあって、江戸藩邸内で希望者は何人かいる。何かというと平九郎を便利使いというかこき使う盛清は勝手に早耳番の頭に決めているのだろう。

秋月は手当が欲しい、と本音を漏らした。

「早耳番に入るには剣の腕を求められましょう。隠密活動と共に剣を振るう機会もあるそうですからな」

大真面目に秋月は続けた。

「剣を使う機会など滅多《めった》にはないと思うが……」

盛清のことだ。戦国の世の忍びを想定しているのではないか。しかし、幕府や諸大名の動きを調べる過程で刃傷沙汰《にんじょうざた》にでもなったら、それこそ、大ごとである。

それはともかく、

「剣の腕ならば秋月殿も人後《じんご》に落ちぬはず。希望すれば採用されよう。それにしても、藩邸内で早耳番の募集はまだ始まっていない……もっとも、隠密を表だって募集しないだろうがな」

盛清の真意を推し量りながら平九郎は言った。どうやら、秋月は声がかかっていないのを気にかけているようだ。

「秋月慶五郎の武名を知らぬ者は家中にはおらぬ。悠然《ゆうぜん》と声がかかるのを待っていればよい」

平九郎が励ますと、

「そうですな」

受け容れたものの、秋月は浮かない顔である。

「早耳番について気にしておるのは秋月殿ばかりではなかろう。自分だけ声がかからないなどと心配せぬがよかろう」

「ごもっとも。うじうじと考えておっても仕方ありませぬな」

自分に言い聞かせるために秋月はうなずいた。

「早耳番が発足するのは、殿が参勤で江戸にいらしてからだ。まだ、一月《ひとつき》程先ですぞ。それまではゆるりと待っていることだ。なに、きっと採用される。わたしが頭を任されるのなら、真っ先に秋月殿を推挙《すいきょ》致す」

平九郎は秋月の肩をぽんぽんと叩いた。

「かたじけない。安心しました」

秋月は草団子を食べた。その横顔はわずかながら赤みが差していた。

三

秋月と別れてから平九郎は江戸家老矢代清蔵に呼ばれた。

屋敷の用部屋で矢代と向かい合う。

のっぺらぼうとあだ名されているように、喜怒哀楽を表に出さない無表情が板についている。腹の底を見せない老練さと沈着冷静な判断力を備えた、平九郎の上役である。

「お手柄であったな」

矢代は神田の火事での平九郎の働きを誉めた。

「当たり前のことをしたまででございます」

平九郎は謙遜した。

矢代はうなずいてから、

「ところで、早耳番のことじゃが」

正式に番頭《ばんがしら》を命ぜられるのかと平九郎は身構えた。

案の定、

「大殿はそなたを番頭にせよ、と仰せじゃ」

淡々と矢代は言った。

「はい」

返事をしたものの、どうしていいのかわからない。

「今月中にも組織せよ、と大殿のご下命であるぞ」

矢代は言い添えた。

てっきり藩主たる盛義が江戸藩邸に腰を落ち着けてからと思っていたが、盛清のことだ、思い立ったら早急に組織したいと逸《はや》っているのだろう。

「早耳番は何人で編成するのですか」

平九郎が問いかけると、

「まずは十人だ。そして、将来には五十人にする、と大殿はお考えじゃ」

矢代は言った。

それが適した人数なのかの判断もつかない。平九郎だけではなく盛清とて根拠のある人数ではないだろう。

盛清はとにかく熱しやすく冷めやすい。興味を抱いたことには熱くなるのだが、ある時ぱったりと興味を失くしてしまうのだ。そうやって多くの趣味に散財してきた。隠居暮らしを楽しもうと、様々な趣味に耽溺《たんでき》するのだが、ひとつとして長続きしないのだ。

今回は趣味ではなく大内家の組織編成である。飽きても解散するわけにはいかない。

「大殿、何故、早耳番なる隠密組を編成なさろうとお考えになったのでしょう」

「公儀や諸大名家の動きを正確に、迅速に知るためということじゃ」

さらりと矢代は答えた。

「それはそうでしょうが、大殿がそうお考えになるに至った経緯には何かあるのではないでしょうか」

平九郎は勘繰った。

何者かに吹き込まれたのではないか。

案の定、

「おそらくは、弓削一真《ゆげかずま》の影響であろう」

矢代は言った。

「弓削一真……」

平九郎は首を捻った。

「下屋敷に出入りするようになった軍学者じゃ。羽前羽黒藩権藤家で隠密を組織していたそうじゃ。早耳番とは弓削が頭を勤めていた隠密組なのじゃ」

矢代に教えられ納得できた。盛清は弓削から軍学の講義を受けるうちに早耳番とその必要性を説かれ、大いに影響を受けたのだろう。

それにしても権藤家とは……。

羽黒藩三万石は角館藩二十万石権藤本家の支藩、お志津が平九郎を権藤家の家臣かと思ったことに、何やら因縁めいたものを感じる。

答えてから矢代は、

「胡散臭《うさんくさ》い者じゃ」

と、無表情ながら不快感を示した。

矢代によると、弓削は権藤分家改易後、各地を流浪し、戦国の忍者組織を中心とした軍学を講じるようになり、江戸においても孤高の軍学者として売り出しているのだという。

「困ったものですな」

平九郎も危惧《きぐ》した。

「弓削の人となりをとくと見てまいれ」

淡々とした口調で矢代は命じた。

弓削は神田明神下に住んでいるそうだ。住まいを聞くと、小料理屋横手小町の近くである。

そのことを平九郎が指摘すると、

「どうやら、横手小町で大殿の知遇《ちぐう》を得たらしい」

矢代は言った。

「隠密の頭を探索するのですな」

皮肉な役目だと平九郎は思った。

「しかと、頼む」

矢代は念押しをした。

四

平九郎は弓削一真を訪ねた。

弓削の家は横手小町から程近い、一軒家であった。庭があり、瓦葺《かわらぶき》屋根の母屋が建っている。母屋の広間には大勢の門人たちが詰めかけていた。

玄関に入り訪問を告げると男が現れた。長身で武張った顔の男だ。平九郎が素性を告げると男は平野純一郎《ひらのじゅんいちろう》だと名乗り、弓削は庭にいると言った。

庭を見回すと、一人の男が畑を耕していた。継ぎはぎだらけの粗末な着物を身に着け、着物の裾を絡《から》げて鋤《すき》を忙しそうに動かしている。醬油で煮締めたような手拭で頰被りをした顔は日焼けしている。

老齢の人物を想像していたが弓削は三十半ば程だ。

「弓削先生ですね」

平九郎は名乗った。

「おお、貴殿が虎退治の椿殿ですか」

弓削はにこやかに語りかけてきた。

いかにも好人物そうだ。これも、隠密ゆえの仮面であろうか。

「ちょっと、待たれよ」

弓削は井戸から水を汲み、手洗いとうがいをした。それから、母屋の書斎に案内した。

「門人方はよろしいのですか」

平九郎が気遣うと、

「みな、自習しております。それに、先ほどご挨拶を致しました平野純一郎なる者、手前味噌ですが、中々のしっかり者、拙者に代わって講義を行っております。今は本《ほん》草学《ぞうがく》を講義している時間ですな。まあ、構わんでください」

快活に弓削は言った。

なるほど、弓削が褒めるだけあって平野の所作《しょさ》はきびきびとし、声音《こわね》、口調共に明瞭でいかにも出来る男であると窺わせた。

書斎の壁には意外にも書物は少ない。

代わって壁には絵図面が貼られていた。見ると戦場や城である。野戦や城攻めの絵図であった。

平九郎の視線に気づいた弓削は、

「いずれもですな、隠密、忍びの者の活躍が顕著であった合戦《かっせん》ですな」

と、得意気に語った。

川中島《かわなかじま》、桶狭間《おけはざま》、姉川《あねがわ》、三方ヶ原《みかたがはら》の戦いなどである。

「椿殿は、神君徳川家康公《しんくんとくがわいえやすこう》はいずれの合戦で天下をわが物となさったとお考えかな」

弓削が問うてきた。

「それは……」

唐突な質問に平九郎は一瞬、言葉をつぐんだが、

「それは、関ヶ原《せきがはら》の戦いですな」

当然のように平九郎は答えた。

すると、

「さにあらず」

静かに弓削は否定した。

「ああ、そうですな。関ヶ原の合戦後も豊臣《とよとみ》家は健在、豊臣恩顧《おんこ》の大名は西日本を中心に大きな所領を持っておりましたので、完全に天下を手になさったのは大坂《おおさか》の陣《じん》ですか」

平九郎が訂正すると、

「さにあらず」

またも弓削は否定した。

「すると……」

平九郎は戸惑うばかりだ。

弓削は大真面目な顔で、

「小牧長久手《こまきながくて》の合戦です」

と、言った。

「小牧長久手……」

平九郎は首を捻った。

「ご存じないか」

いぶかしみながら弓削は問うてきた。

「むろん、存じております。太閤《たいこう》との合戦ですな」

平九郎は言った。

天正《てんしよう》十二年（一五八四）に尾張《おわり》の小牧、長久手で行われた合戦だ。時は本能寺《ほんのうじ》の変の二年後、織田信長《おだのぶなが》の事実上の後継者となった羽柴秀吉《はしばひでよし》を倒さんと次男信雄《のぶかつ》が家康の助勢を得て合戦に及んだ。秀吉は十万を超える大軍、対して家康、信雄連合軍は三万と劣勢であった。

そこで家康は美濃《みの》攻略のために信長が築いた小牧山城に目をつけた。美濃を支配下に置いた信長は岐阜《ぎふ》城に移ったために小牧山城は廃城になっていたが石垣造りの堅牢《けんろう》さに目をつけた家康は改修、増築して籠城《ろうじよう》、秀吉の大軍を迎えた。両軍は対峙《たいじ》し戦線は膠着《こうちやく》した。

秀吉に従っていた池田勝入斎《いけだしょうにゅうさい》、森長可《もりながよし》らは家康の本拠、岡崎《おかざき》城を突くことを主張した。秀吉は岡崎への行軍は家康に察知されると反対したが織田家での先輩池田勝入斎の強い意見に反対を貫けず、許してしまった。

果たして、池田、森らの動きは伊賀者《いがもの》によって家康に報告された。家康は小牧山城を出て池田、森らの軍勢を追撃し長久手で勝利を収めた。出撃に当たっても家康は伊賀者を使って秀吉側を攪乱《かくらん》した。

その後、両軍は動かず、秀吉は信雄の領国内の城、砦を攻略し、同時に調略《ちょうりゃく》によって信雄と単独で和睦、家康は岡崎城に引き上げざるを得なくなった。

合戦全体を見れば秀吉の勝利と言えるが、長久手の勝ち戦は家康の武名を大いに上げた。秀吉に勝った戦上手という評判は秀吉死後の天下取りに大きな財産になったのである。

弓削は小牧長久手の合戦こそが家康の天下取りの大きな一歩であり、家康勝利における伊賀者という隠密、密偵の重要性を説いたのである。

「つまり、家康公はこの一勝により、一目《いちもく》置かれることになったのです。太閤にも勝った名将という評判が太閤薨去《こうきょ》後の声望を集めることになったのです」

弓削の説明を受け、

「なるほど、得心しました」

平九郎は大いに感心した。

「家康公が長久手で太閤の軍勢を追撃できたのは、伊賀者の働きが大でござったのです」

伊賀者は秀吉の軍勢の動きを逐一《ちくいち》見張り、三河《みかわ》に進む軍勢の正確な行軍進路、軍勢の数、率いる大将を正確に探り出した。

「つまり、戦にあって最も大切なことは雑説《ぞうせつ》（情報）をいかに早く、いかに正確に摑むかということなのです」

弁舌爽《べんぜっさわ》やかに弓削は述べ立てた。

「そうですな」

その点に異存はない。

「そうしたことを大殿にお話をしましたところ、大いに賛同を得たのです」

弓削は言った。

「それで、大殿は当家に隠密組織を作ろうとなさったのですな」

それは想像できる。

「大殿は大変に聡明なお方です。泰平の世にあっても、戦に劣らない危機というものが潜んでおることをよくご理解なさいました」

弓削の言葉は至極《しごく》もっともだ。

いかん、このままだと弓削に丸め込まれてしまう。

「それはどういうことですか」

落ち着いて平九郎は問い直した。

「泰平ゆえの気の緩み、油断、欺《あざむ》かれることですな」

弓削は言った。

いかにもその通りである。しかし、どうも具体的な危機感がなく、頭では理解できる程度だ。弓削の狙いは何だろう。単なる親切心で盛清に隠密組織の重要性を教授したわけではあるまい。

ひょっとして、大内家における隠密組織を統括する、つまり大内家に仕官する望みを抱いているのではないか。更には、弓削だけでなく権藤家の旧臣たち、すなわち早耳番の者たちがそっくり大内家に召し抱えられるのを期待しているのではないか。

盛清は受け容れるかもしれないが家中では戸惑いや反対の声が上がるだろう。大いに混乱するに違いない。

「それで、当家においても権藤家の早耳番と同様の隠密組を編成せよとおっしゃるのですね」

平九郎は弓削の本音に踏み込んだ。

「お勧め致しますな」

きっぱりと弓削は返した。

「隠密組を作ったなら、公儀から警戒されはしませぬか」

「公儀の目を憚《はばか》りながら大名家が行うことは隠密組ばかりではなく、何事も同じことでござる」

「それはその通りですが……」

言いくるめられている気がするため、言葉に力が入らない。

それでも、

「おわかり頂けたようですな」

満足そうに弓削は首肯《しゅこう》した。

平九郎はうなずいてから、

「大殿と知り合った経緯はどのようなものでありましたか」

笑みを深め、弓削は答えた。

「近所の小料理屋です。大内家が横手誉を売り出そうとなさっておられる店です」

「横手小町ですな。大殿と杯を交わされたのですか」

「横手誉もさることながら、拙者は蕎麦に舌鼓《したつづみ》を打ちました。聞けば、大殿自らが打った蕎麦である、と。大いに恐れ入った次第です」

本音であろうか。

目下、盛清の趣味は蕎麦打ちである。我流で蕎麦を打ち、家中で振舞うだけでは満足せず、気が向くと横手小町に出向く。台所で蕎麦を打ち、お紺から客に勧めさせているのだ。

ところが、その蕎麦たるや美味《うま》い不味《まず》いの水準にも達していない。打つたびに太さも味もばらばらなのだ。

あの蕎麦を美味いと言える者は普通ではない味覚の持ち主か、盛清の機嫌を取ろうという幇間《ほうかん》まがいのお調子者、そして、盛清に取り入ろうする者だ。

「ほう、そんなにも美味に感じたのですか」

疑念を感じさせるように平九郎は首を傾《かし》げながら問いかけた。

「椿殿は不満そうですな」

弓削はニタリと笑った。

「正直申しまして、美味には感じられませぬ。というよりも、不味い」

顔をしかめ、平九郎は断じた。

弓削は口を半開きにし、まじまじと平九郎を見返していたが、

「これは参りました。歯に衣着《きぬ》せぬ論評、いやあ、椿殿は実に大した御仁《ごじん》ですな」

弓削は感心した。

次いで、

「まこと、決して美味くはありませんな」

と、本音を吐露《とろ》した。

「ならば、何故、誉めたのですか」

平九郎は弓削の本音に迫った。

「世辞《せじ》を言って大殿に近づいた、と椿殿は勘繰っておられますな」

弓削に指摘され、

「そのように勘繰っております」

はっきりと本音を返した。

弓削は表情を引き締めた。

「違うのですか」

平九郎も真顔になった。

「ご推察の通りです」

あっさりと弓削は認めた。

これはいよいよ弓削一真という男への警戒心と彼の狙いが気になる。弓削の言葉を待つように平九郎は口を閉ざした。

「拙者は大内盛清さまに近づこうとしました」

不穏なことを弓削は認めた。

「その目的は……」

穏やかな表情ながら弓削の本性を見極めねばという使命感がこみ上げる。

「権藤家再興です」

ずばり、弓削は言った。

「羽黒藩権藤家の再興……それを大内家が支援するのをお望みなのですな」

平九郎は返した。

「おっしゃる通りです。大殿のお力を借りたいのです」

これも弓削は認めた。

盛清は承知しているのだろうか。

「再興とおっしゃりますが、お世継ぎはいらっしゃるのですか」

まずは一番肝心な点を確かめた。

「病死した藩主、正和《まさかず》さまには嫡男秋千代君《あきちよぎみ》の他にもうお一人亀千代《かめちよ》君がおられます。不幸にも秋千代君は家督相続をなさる直前に亡くなられましたが、亀千代君は未だご健在なのです」

弓削は言った。

「ならば、お取り潰しになる前に何故、亀千代君を末期養子《まつごようし》になさらなかったのですか」

末期養子とは嫡子を持たない武家の当主が死の直前になって急いで養子を迎え、御家を継がせることだ。徳川幕府開闢《かいびやく》の初めの頃は、大名はあらかじめ世継ぎとなる男子を幕府に届けておく必要があった。つまり末期養子を認めていなかったのだが、世継ぎがいないがために改易となる大名が増え、巷《ちまた》に牢人《ろうにん》が溢れて世上《せじょう》が乱れた。

その際たるものが慶安《けいあん》四年（一六五一）に未遂に終わった軍学者由井正雪《ゆいしょうせつ》による幕府転覆《てんぷく》計画である。正雪は高名な軍学者で、門人には二千人を超える牢人がいた。

時代は三代将軍家光《いえみつ》薨去直後、四代将軍に就任する予定の家綱《いえつな》は数え十一歳の幼子、家綱が将軍宣下《せんげ》を受けるまでの将軍空位の期間に正雪は門人の牢人と共に江戸、駿府《すんぷ》、京、大坂で決起を計った。

幕府の密偵と門人の裏切りにより転覆計画は未然に防がれたが幕府は事を重視し、牢人問題に取り組んだ。結果、牢人を生む大名家改易を減らすために末期養子を認め、「牢人」を「浪人」という名称に変更したのだった。

「おっしゃること、ごもっともですな」

弓削は受け容れてから、

「亀千代君の行方がわからなかったのです」

と、答えた。

「藩邸にお住まいではなかったのですか」

平九郎は首を捻った。

「そうです」

弓削は顔を曇らせた。

「深い事情がありそうですな」

問いかけながら、おおよその察しはついた。

「正室、側室の争いですか」

平九郎の問いかけに、

「まさしく」

伏し目がちに弓削は認めた。

「できれば、そのあたりの事情をお教え願えませぬか」

立ち入ったことだと承知しつつも、確かめずにはいられない。

「亀千代君の母上、お志津の方さまは、正和さまの寵愛《ちょうあい》ひときわの側室でいらっしゃいました」

ここまで聞いたところで、

「待ってくだされ。話の腰を折ってすみませぬ。お志津の方さまと亀千代君……ひょっとして神田相生町《あいおいちょう》の炭問屋、弁天屋の女将、お志津と亀吉ではないのですか」

平九郎は確かめずにはいられなかった。

亀吉を助けた平九郎をお志津が権藤家の家臣だと思ったのは背景にはそうした事情があったのだ。死んだ亭主とは権藤正和であったのだろう。

その通りだと弓削は認めてから話を続けた。

「正室、房子《ふさこ》さまは大変に悋気《りんき》の強いご気性でした。加えて秋千代君を溺愛しておられたのです。ご自分のお腹を痛めた秋千代君が藩主を継ぐことへの妨げになってはならない、とお志津さまと亀千代君を藩邸から追い出したのです」

参勤交代で正和が国許に帰っていた時の出来事であったそうだ。

「加えて、奥方さまはそれでは安心できない、とお志津の方さまと亀千代君の居所を突き止め、お命を奪わんとなさりました」

「お志津さまと亀千代君はお命を落とされたのですか」

問いかけておいてから、弓削が亀千代を擁して権藤家再興を目指していると思い出し、愚問であったと悔いた。

案の定、

「殿は奥方さまの行いを予想しておられ、お志津さまと亀千代君を守るための措置を講じられておりました」

正和は隠密組早耳番を使い、お志津と亀千代の身を房子から守った。

「幸いにも奥方さまの追手から、我ら早耳番はお二人をお守りすることができたのです」

弓削は言った。

つい、話に引き込まれる。

「その年でござった」

正和が参勤で江戸にやって来た。しかし、旅の途中から病を発症し、藩邸に着いて三日後に死亡した。

「悪いことは続くもので、その二日後、秋千代君が木登りの最中に落下して亡くなる、という不幸が続いたのです」

弓削は天井を見上げた。

その時の無念さが思い出されたのだろう。

「それならば、亀千代君をお迎えすればよかったではありませぬか」

平九郎は言った。

「お迎えしたのです」

亀千代とお志津を迎えた。

「しかし……」

弓削は唇を噛んだ。

深い訳がありそうだ。

「公儀がお認めにならなかったのですか」

「そうです。末期養子の届け出はしたのですが、認められなかったのです」

「しかし、公儀が末期養子を認めないというのは異例なのではありませぬか」

大抵は認めるのが慣例である。幕府としても滅多やたらに大名を取り潰すのを良しとはしていない。由井正雪の乱が教訓となっている。巷に浪人が溢れては風紀が乱れ、犯罪の要因となるからだ。

もっとも末期養子であっても藩主の死後に養子入りしたのでは認められない。あくまで、藩主が生きているうちに養子を迎えなければ御家の存続は許されない。

ところがこれは建前《たてまえ》である。

藩主死後の養子入りでも、藩主は生きていたことにし、死亡日を後日に日延べして幕府に報告する。それは公然の秘密で、幕府も見て見ぬふりをする習わしである。

「しかし、認められなかった……家中の動揺たるや、それは大き過ぎるものでした」

その頃の光景がまざまざと思い出されたようで弓削の目元が引き攣り、唇がわなわなと震えた。

「奥方さまはいかがされましたか」

「房子さまは実家に戻られました」

房子は権藤家の本家である角館藩二十万石権藤本家に戻ったそうだ。

弓削は続けた。

「わずかばかりの金を御家から渡され、お志津さまと亀千代君は、江戸の市井《しせい》に隠れ潜んだのです。まさしく因縁と申しましょうかな。実に因縁を感じます。弁天屋の火事の際、亀千代君を椿殿がお助けくだされた」

弓削は言った。

平九郎も縁を感じたものだ。

「弓削殿がここに居を構えたというのは……」

「お志津さまと亀千代君をお守りするためです」

「実は弁天屋が火事になった時、黒頭巾で顔を隠した侍たちとあやうく刃を交えるところだったのです」

平九郎は六人が火事の様子を窺った後、平九郎の前に立ちはだかった一件を話した。

「おそらくは、本家の者たち……房子さまが遣わしたのでしょう。弁天屋に火付けをしたのも奴らです」

ため息混じりに弓削は答えた。

平九郎は納得したものの、

「それで、亀千代君を擁しての権藤家の再興、道筋は立っておるのでしょうか」

「本家の助力と大内の大殿さまに期待しております」

弓削はお辞儀をした。

「大殿を頼られるわけは」

平九郎は落ち着いて訊いた。

盛清のことである。弓削の切なる願いを聞き届け、同情や義侠心《ぎきようしん》を募《つの》らせ、いい顔をしようとして算段もなく引き受けてしまったのではないか。

するとと弓削は平九郎の心配を察したように語った。

「出羽の大名で結束し、公儀に嘆願をしようと大殿はお考えです」

「確かに権藤家は奥羽の名族ですな。源 頼朝公《みなもとのよりともこう》から御家人として本領安堵《ほんりようあんど》してもらったような由緒《ゆいしよ》ある家柄でござりましょう」

平九郎が理解を示すと、

「本家の支援も期待をしておるのです」

弓削は言った。

「大殿の考え通りにいけばよいのですが」

つい、危うさを感じてしまった。

「御家再興……大名でなくとも旗本でもよいのです」

弓削の願いに平九郎はうなずいた。

「とにかく、権藤家の旧臣の悲願であるのです」

強い口調で弓削は訴えかけた。

「旧臣方とは、あちらの……」

平九郎は広間を見た。

「その通りです」

弓削はうなずいた。

「この家はどなたかの好意で提供をされておるのですか」

改めて平九郎は家の中を見回した。

「ここは、かつて権藤家に出入りしておりました呉服屋、錦屋《にしきや》助三郎《すけさぶろう》殿の好意によって借りておるのです」

「では、こちらは権藤家旧臣の根城《ねじろ》となっておるのですな」

平九郎は周囲を見回した。

「いずれも、早耳番に属していた者たちばかりです。ここから再興へ向けての出発を期するものであります」

弓削は意気込みを示すかのように目を凝《こ》らした。

次いで、

「椿殿、何卒、お力添えをお願い致します」

弓削は頭を下げた。

「及ばずながら」

平九郎もついつい応じてしまった。

「では、こちらへ」

弓削は立ち上がって案内に立った。平九郎も腰を上げる。

広間に入ると、

「大内家留守居役、椿平九郎殿ですぞ。我らの力になってくださる」

弓削は平九郎を紹介した。

平野純一郎を始め、みな一斉に、「よろしくお願い致します」と頭を垂れた。

弓削が平野に目配せをした。

平野は塾生たちを引き連れて庭に降り立った。

何事が始まるのかと平九郎は目を向けた。

彼らは武芸の稽古に取りかかった。

ところが、各々が勝手な稽古をしている。木刀を振るう者、手裏剣を投げる者、弓を射る者、はたまた異常な速さで木に上る者、そして腹這いとなって前進する者……。

しかも彼らは無言である。武芸の稽古のような気合いを入れることもない。黙々と己が技に磨きをかけていた。

なるほどこれが隠密組というものか。

平九郎は広間に入り、彼らが学んでいた書籍を手に取った。本草学、すなわち薬種《やくしゅ》に関する本だ。風邪や熱冷まし、怪我の治療に使える薬草が記されている他、毒草についての記述が多い。毒草から毒薬の煎じ方、活用方法が詳細に解説してあった。

早耳番は毒殺にも長けているということだ。

五

藩邸に戻った。

屋敷の奥書院に盛清が来ていた。旗本先手組組頭佐川権十郎《さがわごんじゅうろう》も同席をする。

盛清は悠々自適の隠居暮らしをしている。暇に飽かせて趣味に没頭しているのだが、凝り性である反面、飽きっぽい。料理に凝ったかと思うと釣りをやり、茶道、陶芸、骨董収集に奔《はし》るという具合だ。

料理に凝った時は家臣や奉公人など大人数に振る舞い、釣りは幾艘もの船を仕立て大海原に漕ぎだすばかりか大規模な釣り専用の池を造作したりした。

骨董品収集に夢中になった時は老舗《しにせ》の骨董屋を出入りさせたばかりか、市井の骨董市に出掛けて掘り出し物を物色し、道具屋を覗いたりもした。

従って、盛清の隠居暮らしには金がかかる。

このため、大内家の勘定方は、「大殿さま勝手掛《かってがかり》」という盛清が費やすであろう趣味にかかる経費を予算として組んでいる。それでも、予算を超える費用がかかる年は珍しくはない。

そんな勘定方の苦労を他所《よそ》に、盛清は散財した挙句、ふとした気まぐれから耽溺した趣味をぱたりとやめる。興味をひく趣味が現れると、そちらに夢中になり、目下は蕎麦打ちに興じているのである。

焦げ茶色の小袖に袴、袖無羽織を重ね、商家の御隠居といった風である。還暦を過ぎた六十二歳、白髪混じりの髪だが肌艶はよく、目鼻立ちが整っており、若かりし頃の男前ぶりを窺わせる。

元は直参旗本村瀬《むらせ》家の三男であった。昌平坂学問所《しょうへいざかがくもんじょ》で優秀な成績を残し、秀才ぶりを評価されて、あちらこちらの旗本、大名から養子の口がかかった末に出羽国羽後、横手藩大内家への養子入りが決まった。大内家当主となったのは、二十五歳の時で、以来、三十年以上藩政を担った。

若かりし頃は、財政の改革や領内で名産品の育成や新田開発などの活性化に熱心に取り組み、そのための強引な人事を行ったそうだが、隠居してからは藩政にはさほど口を挟まぬようにし、藩政に注いだ情熱を趣味に傾けているのだ。

また、江戸の大名屋敷には出入りの旗本がいる。大名家からすれば、旗本は幕府の動きを摑む貴重な情報源であった。大内家の場合はこの男、佐川権十郎がその役割を担う。

佐川は口達者で手先が器用、市井にも頻繁《ひんぱん》に出かけているとあって、幕府ばかりか世情にも明るい。時にこうしてやって来ては茶飲み話をしてゆく。茶飲み話には幕閣の動きはもちろん江戸の市中での噂話や流行《はや》り物などもあった。

陽気で饒舌《じょうぜつ》ゆえ、人気の噺家《はなしか》、三笑亭可楽《さんしょうていからく》をもじり、盛清に「三笑亭気楽《きらく》」と呼ばれている。

それを体現しているように絹織りの着物、桃色地に金糸で龍と虎を描いた派手な着物を着流した気儘過ぎる、人を食ったような格好だ。浅黒く日焼けした苦《にが》み走った面構えと飄々《ひょうひょう》とした所作が世慣れた様子を窺わせる
早耳番について協議を行うことになった。矢代が無表情のまま平九郎に弓削一真との会談の様子を報告するように求めてきた。

平九郎はかいつまんで報告をした。

「という次第で、弓削殿たち権藤家の旧臣方は亀千代君を擁しての御家再興を願っておられます。大殿には御家再興のお手助けを期待しておるのです」

平九郎が話を締め括ると、

「こりゃ、相国《しょうこく》殿、責任重大だぞ」

佐川は面白がっている。

相国とは佐川がつけた盛清の二つ名である。「盛清」が平清盛《たいらのきよもり》の、「清盛」を思わせることから清盛が太政大臣ゆえ、「相国」と呼ばれていたことに引っかけたのだ。

当然のように盛清は胸を張った。

佐川は続けた。

「相国殿が勇むのはわかるが、おれは深入りしない方がいいと思うぞ」

水を差すようだがな、と佐川は言い添えた。

「なんだ、おまえはわしのやる事に一々反対するな」

盛清は苦い顔をした。

「一々ってことはないがな」

佐川は笑った。

ここで平九郎が、

「佐川さん、どうして反対をなさるのですか」

と、間に入った。

「そりゃな、公儀を敵に回すことになるからに決まっているだろう。いや、おれは何も公儀のやることに逆らうな、何処までも従え、と言いたいんじゃないぞ。公儀が改易にした御家を再興させるということは、公儀が失政を認めることになるんだ。老中や若年寄が大内家に好印象を持つはずはないな」

佐川の指摘に、

「なんじゃ気楽、さすがは、公方《くぼう》さまから食べさせてもらっているだけあるな」

皮肉を込めて盛清は言った。

「まあ、おれが旗本というのは事実だがな、それだから言っているんじゃない」

佐川は珍しく真顔になった。

盛清は文句をつけようとしたが、

「危惧の念を語ってください」

平九郎が頼むと、佐川は盛清を怒らせるかもな、と前置きをしながら語った。

「権藤本家にその気はないぞ」

意外なことを佐川は告げた。

「分家の再興を望まないのですか」

平九郎が問うと、

「望んでおらんな」

佐川は断定した。

「馬鹿なことを……」

盛清は鼻白んだ。

次いで、

「播州赤穂《ばんしゅうあこう》の浅野《あさの》家改易後、安芸《あき》の浅野本家は内匠頭《たくみのかみ》長矩《ながのり》の弟大学《だいがく》を当主に御家再興が成った時に、領知を祝いに出しておるのだ。本家としても喜ばしいものじゃ」

と、大きい声で言い立てた。

「ところがな、権藤家改易の時、こんな噂が流れておったのだ」

佐川は声を潜めた。

「なんじゃ、どうせ、おまえの言うことだ。愚にもつかぬ与太話であろう」

聞きもしないうちに盛清は佐川をけなしたが、その目は真剣みを帯びていることからして、警戒心を抱いたようだ。けなしながらも佐川の情報通ぶりを高く買っている。

佐川は語り始めた。

「権藤家の改易理由は知っているだろう」

　これには平九郎が答えた。

「亀千代君の末期養子の不正が公儀の知るところとなり、改易になったのですね。極めて異例なことです」

「その通りだが、そりゃ臭うと思わなかったかい」

　佐川は平九郎に問いかけた。

「どういうことです」

　平九郎は問い直した。

「平さん、異例だって言ったな。まさしく、末期養子っていうのはなるべく大名を潰さないための措置だ。従って、藩主が死んだ後に養子縁組をしたとしても、死んでいないことにして公儀に届けるなんていうのは公然の秘密。それを公儀も咎《とが》めたりはしない。それに、公儀はそんなことを知らなかったはずだ」

　佐川は思わせぶりに言葉を止めた。

　平九郎は言葉を呑み込んだ。

　小さく息を吐いてから佐川は続けた。

「公儀に密告があったんだよ」

「密告というと権藤家中からですか」

平九郎はそんな馬鹿なと言い添えたが、

「まさか……奥方……房子さま」

と、呟くように言った。

「その通りだよ。奥方は藩主正和殿の寵愛を受けたお志津と忘れ形見の亀千代に権藤家を継がせたくはなかったのだよ。女の悋気は恐いぜ」

舌をぺろっと出し、佐川は肩をすくめた。

「房子さまは権藤本家に戻っておられるのですね」

「そうだよ。今の藩主、備前守義孝殿の姉だからな。出戻りだっていうのに、威勢はいいらしいぜ。義孝殿も家中で波風を立てたくはなかろうからな。分家再興には乗り気ではないということだ」

どうだわかったかと言わんばかりに佐川は盛清を見た。

盛清は苦い顔で、

「まったく、不忠なことじゃな。女の浅はかさが御家を潰すとはな」

と、吐き捨てた。

「そのこと、弓削殿たちは存じておるのでしょうか」

平九郎は佐川に問いかけた。

「あくまで噂だが、奴らの耳に入っていないのは考えにくいな」

佐川はさらりと言ってのけた。

ここで盛清が、

「たとえ、耳にしても、房子に翻弄《ほんろう》されたくはないのだろう」

と、言った。

「それなら、弓削殿たちは尚一層のこと御家再興に動くのではないでしょうか」

平九郎の予測に、

「そうかもしれんが、本家の支援が期待できないということは、それだけ相国殿の負担が大きくなるんだぜ」

佐川は言った。

「わしは、むしろその方がやり甲斐があるというものじゃぞ」

いかにも盛清らしい強がりだ。

それまで沈黙を守っていた矢代が口を開いた。

「噂の見極めが重要であるし、噂の使い方ということもある」

矢代の言葉に、

「なんじゃ、のっぺらぼう、はっきり申せ」

盛清は苛立《いらだ》ちを示した。

矢代は無表情のまま、

「房子さまが御家再興を妨げておる、という噂を流すのです」

と、提案した。

盛清はうなずき、

「それはよい。偶《たま》にはよいことを申すではないか。どんどん流してやれ。気楽、おまえ、懇意にしておる読売屋に頼め」

と、言った。

「わかった。引き受けたよ。確かに、本家も体面というものがあるからな。そんな噂が流れたんじゃ、無視はできないだろうぜ」

妙案だよと、佐川も評価した。

矢代は誇ることもなくうなずいた。

「さて、わしは何をすればよいかな。奥羽の諸大名に呼びかけるか」

盛清は言った。

「そんなことをしたら公儀の目がうるさいぞ」

佐川は危ぶんだ。

「なに、構わぬ。みなを呼んで蕎麦を振舞うのじゃ」

盛清は目を輝かせた。

「蕎麦か」

佐川は苦い顔となった。

「わしの蕎麦に舌鼓を打ち、その気分がよいところで誘いをかければ、みな、乗り気になるぞ」

我ながら妙案だと盛清は自画自賛した。

「そりゃいいかもしれんな」

佐川も表面上は納得した。

「気楽も呼んでやるぞ」

親切心で盛清は誘ったのだが、

「いや、おれは遠慮しとくよ」

佐川は大きく右手を左右に振ったが、

「遠慮はおまえらしくない。構わぬ。場所は下屋敷よりは横手小町がよかろうな。貸し切りにしてやるか」

盛清は権藤家再興運動と共に自分の蕎麦を披露する喜びを感じているようだ。やれやれと平九郎と佐川は顔を見合わせた。

「清正、もちろん弓削や御家再興を願う者たちを呼んでやれよ。それから、お紺にもな、そば粉を抜かりなく用意しておけ、と申しておけ」

盛清は言った。

「承知しました」

平九郎は内心でこれは厄介なことになったと思いながらも逆らうわけにはいかない。

「よい考えが浮かんでよかった」

盛清はすっかり満足した。

「平さんよ、横手誉も忘れるな」

佐川は酒に希望を見出しているようだ。

「承知しました」

わかっていますよという内心の声を平九郎はかけた。

「楽しみだ」

自棄《やけ》になって佐川は言った。

「大いに期待しろ」

盛清は満面に笑みを広げた。

第二章　呑兵衛《のんべえ》医者

一

弥生二十五日の昼、弓削一真が大内家上屋敷にやって来た。

平九郎は屋敷玄関脇の使者の間で弓削を迎えた。大内家の藩邸を訪問するとあって弓削は羽織、袴を身に着け、先日会った際の温和な表情はなりを潜め、切迫したものとなっている。

嫌な予感に囚われつつ、

「いかがされた」

平九郎が問いかけると、

「お願いがござる」

言葉が上ずり、弓削の目は凝らされた。

落ち着けというように平九郎はうなずき、出されたお茶を飲むよう促した。弓削は一口飲むと、幾分か柔らかな表情となった。沈着冷静な普段の弓削が戻ったようだ。

「お志津さまと亀千代君を匿《かくま》ってくだされ」

弓削は申し出た。

「ひょっとして、お命を狙われたのですか」

平九郎の問いかけに弓削はうなずいた。

亀吉こと亀千代を助けた平九郎は情が移っている。匿いたいが、平九郎の独断では受け入れられない。もっとも、盛清は権藤家再興に乗り気なのだから受け入れに反対はしないだろう。

「一応、大殿の許しを取りますが、反対はなさらないと思います」

平九郎は引き受けた。

「かたじけない」

安堵したようで弓削は先日の温和な顔に戻った。ここで、平九郎は権藤家改易に関する房子の動きを確かめようと思った。

「ところで、権藤家改易に関しまして妙な噂を耳に致しました」

平九郎が言うと、

「承りましょう」

聞く姿勢になりつつも弓削は平九郎の問いかけの内容を予想しているようだ。

「房子さまにまつわる疑念です」

平九郎が言うと、弓削はうなずいた。

「房子さまが、公儀に末期養子の実状、つまり、亀千代君が養子入りしようとしたのは藩主正和さまが亡くなってからだという事実を密告なさった、もしくは房子さまの意を汲んだ者がそれをした、と」

平九郎が問いかけると、

「その疑いは改易当初にも流れたのです。以前にも申しましたように、房子さまはお志津さまと亀千代君を嫌悪しておられましたからな。それに……」

何事か言い添えようとして弓削は言い淀んだ。こうされると益々知りたくなってしまうのが人情である。

「それに……何でしょうか。おっしゃってください」

平九郎が促すと、

「もう三年前のことで、今更どうにもならないことですが……」

と、弓削は慎重な物言いをしてから、

「殿は参勤の途中に患われ、藩邸に到着してから三日後に病で没せられたのですが、これに関しても悪い噂があるのです」

「房子さまが毒を盛った、とか」

平九郎は声を潜めた。

「まさしく」

うなずいてから、

「実は、殿は藩邸に戻られてから、一旦は快方へと向かわれたのです」

正和は熱が下がり、粥《かゆ》であれば食べられるまでに快復したのだという。家中にはほっと安堵の空気が流れた。

「ところが、その翌日でござった」

正和の容態は急変した。

翌朝、正和は遺体となっていた。激しく吐血《とけつ》していたそうだ。

「藩医はなんと申したのですか」

不穏なものを抱きながら平九郎は問いかけた。

「思いもかけぬ、容態の悪化である、と」

弓削は肩をすくめた。

毒殺が疑われたが、今は下手人《げしゅにん》探しをしている場合ではない、ということになり、秋千代の家督相続の手続きを急ぎ執り行った。

「この際だから申します。くれぐれもご内聞に願いたい」

と、弓削は念を押した。

言いたいことは予想できる。正和は房子によって毒殺された、と。

案の定、

「正和さまが亡くなられた前日、寝間を訪れたのは房子さまが最後でした。房子さまの後はどなたも寝間には入っておりません。寝間の控え間には警固の家臣が二人、一人は拙者、もう一人は川野順三《かわのじゅんぞう》という御広敷用人《おひろしきようにん》でした」

川野は房子が本家にいた頃から仕えていた。房子が輿入《こしい》れした際に供に加わったのだ。御広敷用人とは大名藩邸の奥向きに出入りする家臣である。

「我ら一晩中、控えの間から一歩も出ずにおりました。ところが、夜明け、正和さまは亡くなられた。房子さまは粥の入った土鍋を侍女に持たせ、寝間を訪れました……」

粥に毒が入っていた、と弓削は言いたいようだ。弓削の目は彷徨い、落ち着きをなくしている。すると弓削は平九郎の心中を察したように語り出した。

「あ、いや、言葉足らずで申し訳ござらぬ。拙者、何も房子さまの粥に毒が盛られていた、と言っているのではございませぬ。正和さまの死が毒殺とすれば、粥以外に毒が入っていたとは考えられないということです。まさか、房子さまが正和さまを毒殺するはずないでしょうからな……とすれば、正和さまは容態が急変して命を落とされた、としか考えられぬという次第……」

遠回しながら弓削の本心は房子が正和に毒を盛ったということだろう。房子が正和を毒殺したのかどうかはひとまず、置いておこう。

「弓削殿、正和さまがお亡くなりになってからの事態をお話しください」

取り乱すまいと弓削は息を調《ととの》え、

「秋千代君も急死なさったとあって、亀千代君をお迎えする慌ただしさでありました。そして殿の死の真実は明かされないままに権藤家は改易の憂き目に遭ってしまった次第。ひょっとしたら、殿は成仏できないでいらっしゃるのかもしれません」

弓削は唇を嚙んだ。

亀千代を末期養子として幕府に届けたのだが幕府に認められなかった。既に藩主である正和は死に、世継ぎとして届けてあった秋千代も亡くなったとあっては亀千代に家督相続は認められなかったのだ。

正和の死から権藤家改易を、日を追って整理すると次のようになる。

四月十五日に正和が江戸藩邸に到着し、三日後の十八日の朝、亡骸《なきがら》となって見つかった。急遽、嫡男秋千代の家督相続を決め準備に入ったが敢えなくも二十日に秋千代も急死した。木登りをしていて落下したのが死因である。

秋千代の死を受け、権藤家はお志津が産んだ亀千代を世継ぎに迎えることを決め、弓削と早耳番が迎えた。二十一日、末期養子の手続きを取り幕府に届ける。

しかし、幕府から亀千代の養子入りは正和の死後であるという理由で認められず、権藤家は改易に処された。

文政三年、四月二十五日であった。

「それにしましても、末期養子は藩主逝去後に実施されることもあるのは公然の秘密、それなのに権藤家は認められなかったとは……不運であり、何やら深い闇が広がっているような気もしますな」

同情と疑念を寄せ、平九郎は言った。

「まさしく、あの時、殿の死の真相を明らかにしなかったのは、我ら家臣一同の不覚であり、何よりも不忠でございます」

弓削は腹から絞り出すように無念の声を漏らした。平九郎はしばらく言葉を発することができなかった。

「いや、申し訳ない。まったく、権藤家の恥をお聞かせした。お耳を汚してしまいましたな、椿殿にも大内家にも関わりのないこと、どうか放念くだされ」

殊勝《しゅしょう》な顔で弓削は頭を垂れた。

重苦しい空気が流れた後、平九郎は意を決して、

「弓削殿、正和さまのご無念を晴らしましょう。わたしも微力ながらご助勢を致しますぞ」

と、申し出た。

「かたじけない……せっかくの好意ですが、正和さまの死を明らかにすることは房子さまを追い詰めることになりましょう。房子さまのご機嫌を損じては、権藤家再興に支障となるかもしれませぬ。亡き正和さまのご無念を晴らすのと権藤家再興、二兎《にと》を追うことになりかねませせぬ」

弓削は苦渋の表情となった。

正和への忠義心が薄いわけではあるまい。御家再興は権藤家遺臣、特に早耳番の悲願であり、御家再興こそが正和への最大の供養、忠義とも考えられるのだ。

加えて、弓削は正和の死を房子による毒殺だと確信しているようだ。

「それは承知しております。ですが、権藤家再興のためには正和さまの死の真相を明らかにすることは大いに役立つと思うのです」

口に出してから安易な考えかと悔いたが、平九郎は続けた。

「正和さまが毒殺されたということを明らかにするのです。毒殺をしたのは房子さま……なのかもしれませぬが……そうですな、言葉は悪いですが、房子さまの尻尾を摑み、それによって、正和さま毒殺の罪滅ぼしに権藤本家を動かして頂くのです」

平九郎の提案を弓削は不快がるかと危ぶんだが、

「それは妙案ですな。死の真相が明らかになれば正和さまへの供養になる。それに、御家再興に向け本家の助勢が得られます」

弓削は納得した。

「ひとつ、道筋が見えましたな」

賛同を得られ、平九郎は俄然《がぜん》やる気になった。

「感謝致します。では、早耳番で探索を行います」

「わたしも探索に当たりたいと思います」

平九郎は申し出を繰り返した。

「そこまでして頂くのは、申し訳なく存じます」

弓削は遠慮したが、

「乗りかかった船です」

明るく平九郎は告げ、引き受けることになった。

二

その日の昼、平九郎はお志津と亀千代を乗せた駕籠と共に向島《むこうじま》にある下屋敷にやって来た。

大名の隠居、または世子は中屋敷に住まいするのだが、盛清は下屋敷の気軽さを好み、年の大半を下屋敷で過ごしている。

いかめしい門構えではなく、広々とした敷地は、別荘のような雰囲気が漂っている。国許の里山をそのまま移したような一角があるかと思えば、数寄屋《すきや》造りの茶室、枯山《かれさん》水《すい》の庭、能舞台、相撲の土俵、様々な青物《あおもの》が栽培されている畑もあった。

畑は大内家に出入りする豪農が手配した農民が耕している。気紛《きまぐ》れな盛清ゆえ、時に自ら鍬《くわ》や鋤を振るう。

その際は大騒ぎになる。

鋤や鎌を使う農民に腰が入っておらん、とかもっと耕せ、とかあれこれ口を挟むのだ。

また、今はほとんど使われなくなった窯場《かまば》があった。盛清が陶器造りに凝っていた頃には盛んに煙が立ち上っていたのだが、盛清は陶器造りに飽きて、放置されている。

そんな藩邸内を平九郎はお志津と亀千代を連れて歩く。

「広いなあ」

亀吉こと亀千代は盛んに感嘆の声を漏らした。

お志津が自分と亀千代が権藤家の藩邸に迎えられた時は、上屋敷の一室で暮らしていたそうだ。家臣、奥女中にかしずかれていたが、要するに監視下に置かれているのと同じで、勝手気儘に屋敷内を出歩くことはできなかった。

亀千代には沢山の玩具《がんぐ》が与えられ、歌留多《かるた》も一緒に行われたが、庭を駆け回るのはできなかったのだ。わずかな期間であった藩邸暮らしは、ひたすらに堅苦しいものだった。

従って、亀千代には大内家下屋敷の広大な庭はひたすら解放感に満ちたものに違いない。

盛清は裏庭にいるそうだ。屋敷の裏手に回る。大きな池があり、周囲を季節の草花が彩っている。

その畔《ほとり》で盛清は床几《しょうぎ》に腰を据え、釣り糸を垂らしていた。小袖に袖なし羽織を重ねた軽装である。麗《うら》らかな春の昼下がり、釣りを楽しんでいる姿は、いかにも悠々自適な隠居暮らしを満喫しているようだ。

平九郎は盛清がこちらを向くまで黙って控えた。お志津も亀千代と盛清の言葉を待った。やがて、釣り糸がぴくぴくと動いた。

「おおっ」

盛清は喜悦《きえつ》の声を上げて立ち上がった。

竿《さお》が大きくしなる。大物のようだ。池だから鯉《こい》か鮒《ふな》であろう。

盛清は身体をよろめかせながら、獲物と格闘を始めた。平九郎は動かずにいた。亀千代は目をきらきらと輝かせ竿を見つめている。

やがて、

「おのれ」

盛清が舌打ちした。

糸がぷっつりと切れてしまったのだ。釣り竿を捨て、盛清はこちらに向いて床几に腰かけた。

お志津はお辞儀をし、亀千代もぺこりと頭を下げた。

「亀千代殿か……うむ、利発そうな顔をしておるのお」

盛清は鷹揚《おうよう》にうなずいた。

次いでお志津に向き、

「苦労したようじゃが、ここなら安心じゃ。そなたらに何人《なんぴと》たりとも、指一本触れさせはせぬぞ」

と、語りかけた。

「ご迷惑をおかけし、申し訳ございません」

お志津は更に頭を低くした。

「気兼ねは無用じゃ。そなたらを匿うと決めた以上、守るのが当たり前じゃからな」

威厳を示すように盛清は胸を張った。

お志津は更に礼を述べ立てる。

「御家再興については、わしに任せ、そなたらは、ここでゆるりと過ごせ」

盛清は言った。

そこへ、奥女中たちがやって来てお志津と亀千代の案内に立った。

残った平九郎に、

「清正」

盛清は右手を差し出した。

清正とは平九郎の名である。本来は義正《よしまさ》であったのだが、盛清は虎退治で有名な加《か》藤《とう》清正を連想し、平九郎を清正と名付けた。当初はあだ名であったのだが、平九郎が留守居役として手柄を立てると自分の名、「盛清」の「清」を与え、椿平九郎義正から清正と名乗らせたのである。

平九郎は紫の袱紗包《ふくさづつみ》を示し、袱紗を解いた。小判二十五両の紙包み、すなわち切り餅が四つである。盛清の眉間《みけん》に皺が刻まれた。

「半分か……」

盛清は二百両を要求したようだ。

「御家は財政多難の折でござります」

もっともらしい顔で平九郎は言った。

「財政多難な……わしが大内家に参った時にも聞いたわ。それゆえ、わしは改革を行い、財政を大いに潤わせたのじゃ。いつも、そんな言葉を使えば無理が通ると思ったら大間違いじゃ」

不満そうに盛清は鼻を鳴らした。

無理を通そうとしているのは盛清なのだが、それは口が裂けても言えない。

「まずは、この百両でご辛抱ください。事が好転すれば、追加も叶うと存じます」

平九郎は言った。

「わしが稼いだ金をわしが使って何が悪い……とは申さぬ。ま、致し方なしじゃな」

盛清は声を放って笑った。

次いで、

「おお、そうじゃ。横手小町でわしが打った蕎麦は評判がよかろう。売上に貢献しておるはずじゃぞ」

いかにも盛清らしい都合の良い見立てである。

「ありがとうございます」

平九郎は話を合わせた。

「さて、肝心の権藤家再興であるが、どのような方策を考えておるのじゃ」

盛清は目を凝らした。

「権藤正和さまの死の真相を明らかにしたいと存じます」

平九郎は正和の死因が極めて疑わしい点を挙げ、

「畏れながら房子さまが……」

と、言い添えた。

盛清は顔をしかめ、

「おい清正、はっきりと房子が殺したと言え。腰が引けておるぞ」

と、なじった。

平九郎は胸を張り、

「房子さまを動かして本家が権藤家再興に賛成すればと存じます」

「要するに、房子をゆするということじゃな」

盛清らしい遠慮会釈のない物言いである。

すると、

「とんま」

と、盛清は呼んだ。

何処にいたのか一人の侍がやって来て、片膝をついた。

大内家の隠密、藤間《とうま》源《げん》四郎《しろう》である。

盛清は、「藤間」にかこつけて、「とんま」とあだ名をつけたのだが、藤間はあだ名とは正反対に敏腕の隠密である。

藤間の妻さは変装の名人ということだ。しかも、ただ外見だけの変装ではなくその職業に成りきる。大工に成りすませば、鋸《のこ》や金槌《かなづち》を巧みに使い、料理人なら鮮やかな包丁さばきを披露するのだ。

「とんま、一働きせよ」

盛清が命じると、

「喜んで」

藤間は隠密らしからぬ明朗快活な声で返事をした。

盛清は平九郎を促した。

平九郎は藤間に権藤正和の死の真相を明らかにしたい旨を話した。

「藤間、房子の身辺に近づけるか」

盛清が問いかけた。

「やります」

答えてから、

「できれば、房子さまの好み、趣向がわかればよいのだがね」

と、平九郎に言った。

「わかっているのは、房子さまが大変な着道楽ということです」

権藤家では房子の着物代を工面するために無理をしていた、と話した。

　すると、

「まったく、これだから、気取った女は困るのじゃ。金のなる木でも生《は》えておるような気になっておるのじゃ。金に苦労したことがないゆえ、湯水のように好きな着物を買いあさる。そんな者に決まって買った着物にすぐ飽きるものじゃ。一度か二度着ただけで箪笥《たんす》の中に眠る、いや、一度も袖を通さずに済ませられる着物も珍しくはないのじゃ。まこと、困ったものじゃ」

　言葉を尽くして盛清は房子を批難した。

　しかし、当の盛清は趣味が高じ、おまけに飽きっぽいゆえ、大内家の勘定方は盛清の趣味に要する費用に一喜一憂しているのだ。目下の趣味が蕎麦打ちということで安堵している役人は多い。

「ごもっともです」

　平九郎はまたも話を合わせた。

　つくづく、自分にも役人根性が身に着いたものだと、思ってしまう。

「では、呉服の筋から近づいてみます」

　藤間は冷静に言った。

「うむ、よかろう」

盛清は認めた。

「ならば、藤間さん、弓削殿と話を詰めましょう」

平九郎が言うと、

「承知しました」

藤間は同意した。

「弓削なら、昼に講義に参るぞ」

盛清は言った。

三

平九郎は屋敷の客間で藤間源四郎と共に弓削一真に会った。

「なるほど、呉服屋ですな」

弓削は言ってから、

「房子さまが通っていたのは、深川にある錦屋です。本家にも出入りしておりました縁で、房子さまは分家に輿入れなさってからも引き続き錦屋を出入りさせたのです。

本家にお戻りになってからも出入りをさせているものと思われる」

　と、説明をした。

「間違いないでしょう」

　平九郎はあっさりと受け入れたが、

「房子さまが錦屋をお気に入りなのはいかなるわけですか」

　藤間は問いかけた。

　もっともな問いかけだと、平九郎は自分の迂闊《うかつ》さを反省した。

「錦屋は京の都で流行っておる着物や小間物を豊富に取り揃えておるのです」

　弓削は即答した。

「房子さまは都風がお好みなのですな」

　藤間は思案をした。

「そのようです」

　という弓削の返事を受け、

「錦屋の手代に扮しますか」

　平九郎は藤間に提案した。

「いや、それは難しいですな。錦屋は老舗、新参者を手代には雇わないでしょう」

藤間は慎重である。

弓削がその通りですと藤間の考えに同意し、

「更に申せば、房子さまの下には房子さまが指名なさった特定の者ではないと出入りができませぬ」

と、言った。

「なるほど、見知らぬ者は会えないというわけですな……当然と言えば当然ですな」

平九郎は自分の浅知恵を反省した。

「では」

改めて平九郎は思案をしたが妙案が浮かばない。

重苦しい空気が漂う。

それを打ち破るように、

「権藤家にいらした時は月に三日、錦屋に出向いておられました」

と、弓削が明かした。

房子は月に五の日、すなわち、五日、十五日、二十五日に錦屋に出向いたそうだ。

もちろん、大名の正室が町の呉服屋に出向くなど許されないため、墓参の帰り、休憩に立ち寄る、といった体《てい》を取っていた。

もっとも、本家に戻ってからの訪れる日はわかっていないそうだ。

「錦屋は権藤本家と分家に出入りするようになったのがきっかけで、いくつかの大名家に出入りが叶ったのでござる。錦屋は大名の奥方に贔屓《ひいき》にしてもらおうと店に隣接して料理屋を建てたのでござる」

弓削の説明を受け、

「つまり、店に立ち寄るのではなく、あくまで料理屋で休憩するという体を装っておるのですな」

平九郎が言うと、

「まさしくその通り」

弓削は言った。

「深川という日本橋、上野ではないやや離れた土地に錦屋は店を構えておるのも好都合ですな。深川であれば、土地に多少の余裕がある」

なるほどと平九郎は納得した。

「まさしく」

弓削も肯定した。

「うまいですな」

錦屋は出来る商人のようだ。

ここで藤間が問いかけた。

「隣接する料理屋の評判はどうですか」

弓削は藤間を見返し、

「値がめっぽう張るので町人はまず寄り付きませんな。料理人頭は日本橋の高級料理屋から雇った者ですが、一介の料理人はころころと変わっておりますな」

料理人頭は、腕はいいが誇りも高く、おまけに自分は絶対だと思っているので、とにかく人使いが荒いそうだ。おまけに気に入らない料理人はすぐに首にする。

「料理人も職人、職人にはありがちですな」

平九郎は言った。

「よし、それでいきますぞ」

藤間は表情を輝かせた。

「いかがなさった」

弓削が問う。

「その料理屋にもぐり込みましょう」

藤間は言った。

「料理人頭の五平《ごへい》という男、申しましたように相当に偏屈《へんくつ》でござるぞ」

弓削が危惧をすると、

「心配御無用でござる」

自信を持って藤間は答えた。

平九郎が、

「藤間さんは大変に器用なお方なのです。大工、左官、料理人など、玄人《くろうと》はだしですから」

と、言い添えた。

「ほう、それは心強い」

弓削は頼もし気《げ》に藤間を見返した。

藤間は俄然、やる気を示した。

平九郎が、

「ところで、正和さまの死を看取った藩医の住まいですが」

と、弓削に訊いた。

「村上法庵《むらかみほうあん》といいまして、神田相生町に住んでおりますな」

弓削は答えた。

「神田相生町……横手小町の近くですな。わかりました。訪ねてみます」

平九郎は言った。

「拙者も行きましょう」

弓削に同行してもらえば好都合だ。

「今も医者をやっておるのですな。であれば、患者のふりをして行けるのですが」

「今はご子息が継いでおりますな」

「本人は隠居ですか」

「そのようですな」

失笑を漏らし弓削は答えた。

「何かあるのですか」

おやっとなった。

「酒ですな」

苦笑混じりに弓削は猪口《ちょこ》をあおる真似をした。法庵は酒好きで日がな一日飲んでいるのだそうだ。

「隠居するまでは、控えていたのだが、隠居してからは思う様、飲むようになったようです」

弓削は苦笑した。

「ならば、横手誉を持って行きましょう」

平九郎の提案を、

「それはよいかもしれぬ。きっと、法庵殿は諸手《もろて》を挙げて歓迎をするだろう」

弓削は受け入れた
そこへ、盛清が入って来た。

「策は成ったのか」

おもむろに問いかける。

平九郎がこれまでに決まったことを話した。

「うむ、そうか。ま、面白くもなんともない策ではあるが、それでよいだろう」

盛清らしい素直ではない受け入れ方をした。

それから、

「そうじゃ、その飲んだくれ医者、横手小町に連れて参れ」

と、目を輝かせた。

「蕎麦を打たれるのですか」

平九郎が問いかけると、

「わしも一肌脱いでやろうというのじゃ。どうじゃ」

いかにも恩着せがましく盛清は弓削に言った。

「かたじけのうござる」

断るわけにもいかず、弓削は礼を言った。

「なんの、構わぬ」

盛清は上機嫌だ。

困った。

盛清の打った蕎麦を法庵が食べたら、不快に思い、口が滑《なめ》らかにはならない。

そんな平九郎の危惧を知らず、

「それはよい」

と、弓削が喜びの声を上げた。

「いかがした」

盛清は笑みを向ける。

「法庵殿は無類の蕎麦好きなのです。蕎麦を肴に酒を飲むほどでしてな」

弓削が言うと、

「ならば、まさしくもってこいではないか」

盛清は大いに乗り気になったのだが平九郎は気が気ではなくなった。

困った、と思い悩んでいると、

「いかがされた」

弓削に問われ、

「いえ、なんでもございませぬ。大殿、しかし、奥羽の大名方にも蕎麦を振舞わるのではありませぬか。いささか、多忙に過ぎると、お身体に障《さわ》ります」

あくまで盛清の身を案じるように言った。

「心配ない。わしは、その程度で身体を壊すようなやわではない。鍛えようが違うからな」

かえって盛清は頑《かたく》なになってしまった。

「わかりました」

平九郎は引き下がった。

「さて、楽しみが増えたな」

盛清は上機嫌だ。

四

昼八つ半を回り、平九郎は弓削の案内で法庵の診療所にやって来た。

診療所は繁盛していた。大勢の男女が列を成している。法庵の息子、伊織《いおり》の評判が大変に良い。患者が言うには、一人一人を丁寧に診察してくれる。いつも笑顔で優しいそうだ。加えて、貧しい者には無償で診察をしてくれ、薬もただでくれるそうだ。おまけに長崎に遊学して蘭方《らんぽう》も学んできている。まさしく、医者の鑑のようだと絶賛されている。

それに比べて大先生《おおせんせい》の評判はよくない。酒浸りだとか伊織が往診する間にも診察をしてくれない、とか散々であった。この界隈では、「呑兵衛《のんべえ》先生」で通っている。

弓削が先に立ち、診療所の奥にある書斎に向かった。

「法庵先生」

弓削が呼びかけた。

「なんじゃ」

嗄《しゃが》れた声が返された。弓削は名乗って中に入る許可を求めた。

「……おお、弓削一真か、しばらくじゃな。まあ、入れ」

法庵の許しが出て襖を開ける。

法庵はむっくりと半身を起こした。目をこすりながら弓削から平九郎に視線を向けた。

「先生、しばらくです」

弓削は挨拶をしてから、平九郎を見た。弓削が平九郎を紹介した。

「横手藩、大内家の御仁が何の用じゃ」

法庵は警戒心を募らせた。

平九郎が答える前に、

「ならん」

いきなり、法庵は右手を振り、横を向いた。一体、なんのことかわからず、平九郎は戸惑ってしまった。

弓削が語りかけようとしたが、

「伊織はいかなる大名家にも仕えぬぞ」

と、吐き捨てるように言った。

「いや、それは……」

平九郎が戸惑いの言葉を発すると、

「先生、椿殿は若先生を召し抱えに来たわけではないですぞ」

弓削が言った。

どうやら、法庵は平九郎が伊織を藩医に雇おうとしてやって来たのだと勘違いしていたようだ。

「そんなつもりはありませんぞ」

平九郎は法庵の誤解を解くべく語調を強めた。

法庵は目をしばたたいた。

弓削が、

「伊織先生は名医と評判で、様々な大名家から藩医に召し抱えたいとの要望があるのですよ」

と、伊織を褒め称えた。

法庵は平九郎に向き直り、

「ふん、藩医なんぞつまらん。なるものではない。若い伊織はな、医師の本分を尽くすべきじゃ。医師の本分とは、一人でも多くの患者を助けることじゃ。大名の藩医になんぞなって、高禄《こうろく》を食《は》み、贅沢三昧《ぜいたくざんまい》の暮らしなんぞしておったら医術の勉学も怠《おこた》るものじゃ」

　と、強い口調で言ったものの、

「そう言うわしもこの自堕落《じだらく》ぶりじゃ。権藤家の藩医の時は医術の勉強を怠った。とんだ藪《やぶ》医者じゃがな」

　自分を責め立て、自嘲気味の失笑を漏らした。

　法庵は権藤家の藩医になったのを悔い、伊織が藩医に召し抱えられるのを反対し、様々な大名家からの誘いを断ってもいるようだ。権藤家の藩医を勤めて嫌な思いをしたのではないか。

　嫌な思いとは、正和毒殺。

　いや、決めつけはよくない。

「何しに来たのじゃ。わしに診立ててもらいたいのか。あいにくわしは隠居の身じゃ。医師として勘が鈍《にぶ》っておるゆえ、誤診するぞ」

　と言って法庵は、大口を開けて笑った。

　弓削は、

「実はですな、椿殿は御家にとっての大事な役目を担っておられるのです」

　厳《おごそ》かな口調で言った。

「ほう」

法庵は目を凝らした。

弓削は平九郎を見ながら、

「国許の名酒、横手誉の普及です」

「横手誉……はて、聞いたことがないな」

酒と聞いて法庵の目が好奇に彩られた。

「国許、羽州横手の名水と米で醸造した清酒です。伏見や灘といった上方の清酒にも劣らぬ味わいです」

平九郎は言った。

「出羽の酒とは珍しい。考えてみれば、横手は小野小町《おののこまち》の生まれた土地、清らかな水は美人を生む。酒も水と米が大事じゃ。確かな杜氏の手によれば名酒が出来るのお……それはわかるが、何故、わしに横手誉の話をするのじゃ」

好奇心と若干の警戒心を抱きながら法庵は返した。

これには弓削が答えた。

「横手誉は名酒には違いござらぬが何せ知名度は低いのです。酒豪番付にも名を連ね《つら》る法庵先生でもご存じなかったくらいですからな。そこでです。横手誉を飲んで頂き、その美味さを法庵先生の口から宣伝して頂きたいのです」

続いて平九郎が、

「是非ともお願い致します」

と、恭《うやうや》しく頭を下げた。

法庵はうなずき、

「よかろう。わしが賞味してやる。じゃがな、貴殿、肝心の横手誉を持参したのか。まさか、買い求めろと申すか」

平九郎の手元を見た。

どこに酒があるのだ、と目を凝らしている。

「この近くに横手誉を扱っておる小料理屋があります。そこへ、ご案内したいのです」

平九郎が誘うと、

「出向くのか。面倒じゃのお」

法庵はあくびを漏らした。

すかさず弓削が、

「その店では美味い蕎麦を食わせますぞ」

と、割り込んだ。

「蕎麦……出羽の蕎麦か」

「そうなのです」

平九郎が答えた。

「腰のあるしっかりとした蕎麦らしいですぞ」

弓削は言い添えた。

「ほほう」

法庵の顔がだらしなくなった。

「わたしは一足先に小料理屋に行き、支度をしておきます」

平九郎は腰を上げた。

「期待しておるぞ」

法庵は身支度を整えた。無精髭が生えているため、剃ることを弓削は勧めた。法庵は承知をした。

法庵より先に平九郎は横手小町にやって来た。

「いらっしゃ〜い」

お紺の明るい声に迎えられ、晴れやかな気分になりながら台所に回ると、盛清が蕎麦を打っていた。

「どうじゃ、藪医者やって来るのか」

口の悪い盛清らしく法庵を藪医者と決めつけて来店を確かめた。

「いらっしゃいます」

平九郎が答えると、

「よし、無類の蕎麦好きを唸らせてやるぞ」

大張り切りで盛清は蕎麦を打った。

程なくしてお紺が、

「椿さま、お客さまです」

と、弓削と法庵の来店を告げた。

「わかった。何はともあれ、横手誉を出してくれ。それと、蕎麦が出来るまで何か……そうだな、ああ、そうだ。お紺手製の大根と胡瓜《きゅうり》の漬物を頼む」

平九郎が頼むと、

「わかりました」

お紺はにっこり微笑んだ。

「来てやったぞ」

恩着せがましく法庵は告げた。

「存分にご賞味くだされ」

平九郎が言うとお紺が五合徳利と猪口、漬物を持って来た。弓削は猪口を受け取ったが、

「大きいのじゃ」

法庵は猪口をお紺に返し、湯呑を要求した。

「これは失礼しました」

お紺は奥に引っ込み、湯呑を持ち帰った。

「よし」

法庵は湯呑を持った。

平九郎が五合徳利を両手で持ち上げて酌をしようとしたが、

「おい、無粋《ぶすい》な男より、ここの神田小町の酌で飲みたいぞ」

法庵はお紺を見た。

「喜んで」

お紺は平九郎から五合徳利を受け取って法庵にお酌をした。湯呑に清酒が満たされた。ほのかに匂い立つ横手誉に、

「うむ、香りは上々じゃ」

まるで利き酒をするかのように表情を引き締めた。

続いて一口だけ飲む。

目を瞑り、法庵は口中《こうちゅう》で酒をじっくりと味わい飲みくだした。そして、軽くうなずくと、ぐいっと飲んだ。

「よし」

法庵は何度もうなずいた。

「いかがですか」

平九郎は訊いた。

「美味いぞ。まずは、伏見や灘にも劣らぬ」

賞賛の言葉を発してから法庵は大根の漬物を食べた。

「うむ、漬物も美味いな」

法庵はすっかり機嫌が良くなり、五合徳利を飲み干し、

「今度は温《ぬる》めの燗《かん》をつけてくれ」

と、頼んだ。

お紺は台所に戻った。

「そうじゃ、そろそろ蕎麦を食べたいな」

法庵は言った。

「お待ちください」

心配になりながら平九郎は腰を上げた。

「楽しみじゃ」

横手誉が期待以上であったようで法庵は過大な期待を抱いたようだ。

五

平九郎は台所に入った。

いつになく真剣な眼差しで盛清は打ちあがった蕎麦を包丁で切っていた。太さはばらばらである。

ぶつぶつに切れてしまい、とても蕎麦本来の魅力である咽喉越しを味わえそうにない。これでは、法庵の不興《ふきょう》を買うだけだ。

そんなことには斟酌なく、

「よし、持ってゆけ」

盛清が言うとお紺が五枚の蒸籠《せいろ》に取り分け、それを重ねた。

「蒸籠はわたしが運ぶ」

平九郎は五枚重ねになった蒸籠を両手で持った。

「疲れたのう」

満足そうな疲労感を抱きながら盛清は言った。お紺が奥の控え部屋でお休みくださ
い、と勧めた。

「そうするか、ああ、そうじゃ。茹で過ぎるな。うどんじゃ」蕎麦は咽喉越しを楽しむものじゃ。

煮えすぎて腰のない蕎麦は蕎麦ではない。

くどいくらいに指示をしてから盛清は奥に向かった。

「わかりました。気を付けます」

嫌がらず朗《ほが》らかに応じると、お紺は蕎麦を茹で始めた。大きな釜に湯がぐらぐらと
煮立ち、ぶつ切りの太い蕎麦が煮えてゆく。

「茹で過ぎるな」

奥から盛清の声が聞こえた。

「まだか」

店から法庵も声をかけてきた。

ふと、平九郎はこの二人、似た者同士では、と思った。もし、法庵が大内家の藩医になったら、盛清とどんなやり取りが繰り広げられるのだろう。想像するだけでおかしくもあり、恐ろしくもあった。

「ただ今～」

明るい声でお紺は返すと茹で上げた蕎麦を笊《ざる》に取って水で冷やし、蒸籠に移す。平九郎が先に立って店内に入った。

「おお、きたか」

破顔《はがん》して法庵は蕎麦を見た。

五枚に重なった蒸籠の一番上を取り、横に置く。

「むむ……」

法庵の目が点になった。

もう駄目だ。

蕎麦好きの法庵は怒りだすだろう。なんとか、言い訳をせねば。

「いやあ、今回は少々、職人の手元が怪しくなったようです。どうも、職人というのはその時の身体の具合や気分で蕎麦の出来が違うようですな。お気に召さなかったら打ち直させますが……」

平九郎は必死で取り繕った。お紺に頼んで近所の蕎麦屋から取り寄せよう、と算段をした。その間は横手誉で繋げばよい。

法庵は目を凝らしたまま、

「うむ……」

と、何を考えているのかわからないような顔つきで蕎麦をじろじろと見た。

「その、次回はもっともちゃんとした、その、蕎麦を」

言葉を添えたが法庵の耳には入らないのか黙って二合の徳利を持ち上げ、蕎麦に軽く降りかけた。箸で蕎麦を解《ほぐ》した後に、蕎麦を摘まみ上げた。しかし、ぶつ切りの蕎麦ゆえ、汁の入った碗に浸けても、さらっと食べるわけにはいかない。

ぶつ切りとなった蕎麦を法庵は口に運んだ。

平九郎は横を向いた。

法庵は蕎麦を食べ始めた。江戸っ子が言う、蕎麦を手繰《たぐ》るとは程遠い食べ方である。

蕎麦を咀嚼《そしやく》し終わると一口酒を飲み、

「おお、これはいけるな」

と、予想外の言葉を発した。

「蕎麦、美味いですか」

恐る恐る平九郎は問いかけた。

「うむ、まこと美味い。実に酒にぴったりじゃ。これ程、酒飲みの気持ちをよくわかった蕎麦はないぞ」

なんと法庵は絶賛した。

なるほど、酒の肴としてなら、盛清の蕎麦は美味いのかもしれない。ぶつぶつに切られ、嚙み砕かないと飲み込めない厄介な蕎麦が呑兵衛の法庵には食べ応えのある肴となっているようだ。

「それは良かった」

平九郎がほっとしてつぶやくと弓削も食べ、

「まさしく、美味」

と、平然とした顔で言った。

飲み食いを終えたところで、

「いやあ、満足したぞ」

法庵は笑みを広げた。

弓削も、

「満足されたようでよかった」

と、笑みを漏らした。

しばし、酒と蕎麦の談義をした後に、

「ところで」

と、平九郎は居住まいを正した。

垂れ下がっていた法庵の目元が引き締まった。

「なんじゃ、改まって」

警戒心を呼び起こされたようで法庵の口調は硬くなった。

弓削が、

「正和さまの死について調べ直したいのですが……」

と、ずばりと問いかけた。

「お亡くなりになった経緯《いきさつ》は弓削殿もよく存じておるのではないか」

法庵は言った。

「存じておるところは少ないが……」

「少ないも多いもない。藩医としてお仕えしておったが、手当の甲斐なく正和さまはみまかられた。それが全てじゃ」

法庵は苦々しい顔をした。

「一度は容態は持ち直したのですな」

弓削は踏み込んだ。

「そうであったな」

法庵の口調は鈍くなった。

「それにもかかわらず、一夜で容態は急変した」

忸怩《じくじ》たるものを感じたと法庵は言い添えた。

「わしの、医師としての技量が劣っておったがために正和さまは……」

法庵はうなだれた。

「法庵先生、正和さまの死に不審な点はなかったのですか。いや、不審なことばかりではありませぬか」

弓削は問いかけた。

「毒を盛られた、と疑うのか」

法庵は眉根を寄せた。

「毒殺だと思います」

はっきりと弓削は考えを述べ立てた。

「それはない」

即座に法庵は否定した。

「それは、どうして、そんなことが言えるのですか」

弓削の問いかけに、

「毒が盛られる余地はなかった」

きっぱりと法庵は断じた。

「一晩中、枕元におられたわけではありませぬな」

弓削が確かめると法庵はいなかったと返事をしてから、

「わしが寝間を出るのと入れ替わりに奥方……房子さまがいらした」

法庵は言った。

弓削は顔をしかめた。平九郎も渋面にならざるを得ない。房子が枕元にいたということは、羊の群れに狼が番をしているようなものではないか。

口を閉ざした平九郎と弓削に、

「貴殿らは奥方さまを疑っておるのじゃな」

法庵は目を凝らした。

「いかにも」

最早、隠し立てはしないとばかりに弓削は答えた。

平九郎も、

「違うのですか」

この時ばかりは、なんの遠慮もなく言い立てた。

「馬鹿な」

法庵は吐き捨てた。

「違うのですか」

平九郎は言い、

「先生、腹を割ってくだされ」

弓削も続けた。

「そなたら、わしを嵌《は》めようと言うのか。酒を飲ませて、あらぬことをしゃべらせようという魂胆《こんたん》か」

いきりたって法庵は言葉を荒らげた。

「嵌めようというのではないのですよ。拙者は真実を知りたいのです」

弓削は言った。

「一体、なんのために。もう、三年前のことじゃ。それに権藤家は改易の憂き目にも遭っているのだ」

落ち着きを取り戻し法庵は言った。

「権藤家の再興のためです」

目を見ひらき、弓削は言った。

「弓削殿の想いはよくわかる。じゃがな、水を差すようですまぬが、それは無理じゃろう」

法庵はため息混じりに語った。

「むろん、容易ではないことはよくわかります。ですが、何もしないで時が過ぎゆくのは我慢なりませぬ」

弓削の反論に、

「気持ちはわかる。じゃがな、気持ちだけでは儘《まま》ならぬのが世の中じゃ」

法庵は達観《たっかん》した物言いをした。そう言われてしまったら弓削も返す言葉がない。平九郎は弓削に代わって、

「法庵先生がおっしゃるのはごもっともです。ですが、御家再興の悲願に殉《じゅん》じるのは

武士としての本分であるばかりか、生き甲斐でもありましょう」

「生き甲斐は別に求めればよい」

法庵は投げ槍なことを言った。

弓削が、

「拙者にとっての生き甲斐は御家再興でござる。他にはありませぬ。御家再興が叶わないと見切れば……」

ここまで言って唇を噛んだ。

言いたいことは十分にわかる。弓削は死を賭《と》して御家再興運動に奔走しているのだ。

法庵は顔をしかめ、酒を一口飲んだ。

平九郎は、

「法庵先生が権藤家再興は無理だと考えるのは、いかなる訳ですか。あ、いや、御家再興の困難さはわかりますが、その他にお考えがあるのでしたらお聞かせください」

と、頼んだ。

法庵はしばし口を閉ざした後、

「権藤家には明らかになっておらぬ黒いものがある」

と、不穏なことを言い出した。

「黒いものとは正和さまの死ですか」

平九郎はずばり指摘をした。

「正和さまの死、秋千代さまの死、いずれも不審であるからな。その死の真相が明らかにならなければ、本家の助勢は得られぬ。本家が動かなければ御家再興はできぬ」

法庵は言った。

「ずばり、お訊き致します。正和さまは毒殺、しかも毒を盛ったのは房子さまではないのですか」

平九郎が踏み込むと、

「いいや、房子さまではないな」

意外にも法庵は否定した。

「何故、そうお考えなのですか」

「房子さまは正和さまに深い情愛を抱いておられた」

これまた予想外の答えである。

「それゆえ、毒を盛るなどあり得ない、と」

「いかにも」

「ですが、寝間に出入りなさったのは房子さまが最後であったのでしょう」

平九郎は疑念と共に問いかけた。

法庵は答えようとしない。

代わって弓削が答えた。

「寝間に出入りなさったのは房子さまが最後でござった。そのことは控えの間で番をしていた拙者と御広敷用人であった川野順三殿が確かめております」

それを受けて平九郎は続けた。

「状況からしますと、房子さま以外には毒を盛ることができなかったのですな」

法庵は湯呑の酒を飲み干し、

「一見、そのように思える。しかし、真実、真相というものは、表に現れている物事だけでは判断できぬものじゃ」

と、反論した。

「法庵先生、まことに無礼な物言いを致します。先生のおっしゃることには同意致します。わたしも物事の真実はえてして見えない部分に潜んでおる、と思っております。ですが、正和さま毒殺についての答えにはなっておりませぬ。まるで禅問答です。先生が房子さまを信じたい、というお気持ちしかわかりませぬな」

辛辣《しんらつ》ではあるが、正直に平九郎は考えをぶつけた。

法庵は平九郎から視線をそらし、

「貴殿が申される通りじゃ」

と、うなだれた。

「何も先生を責めておるのではないのです」

言い過ぎたかと平九郎は補足し、酒のお代わりを勧めたが法庵は湯呑を手で塞いで遠慮した。どうやら、平九郎の言葉に気落ちしたようだ。

法庵は平九郎に視線を戻し、

「わしは、本家から藩医の誘いを受けたが断った」

と、打ち明けた。本家に戻った房子が推挙してくれたそうだ。

弓削が、

「失礼ながら、房子さまは法庵先生を抱き込もうとなさったのではござらぬか」

思わず平九郎もうなずきかけた。

法庵は首を左右に振り、

「それはあるまい」

と、言った。

「何故ですか」

平九郎は問いかけた。今度はちゃんとした根拠が知りたい。想いや禅問答のような答えでは納得できない。

すると、法庵は人を食ったような笑みを浮かべ、

「ほれ、わしはこの通りここで酒を飲んでおる」

と、やはりもう一杯飲むか、と湯呑を手に取った。平九郎がそれを受け取り調理場のお紺に声をかける。

「ただ今〜」

明るい声と共にお紺は横手誉の代わりを用意した。お紺が調理場に戻ってから、

「どういうことでござりますか。禅問答はいい加減にしてもらいたい」

強い口調で問い直した。

法庵は真顔になり、

「生きているのが何よりの証ということじゃ。房子さまが正和さまを毒殺したのなら、正和さまを診ておったわしを最も警戒する。それゆえ、本家の藩医に推挙した、と貴殿らはお考えじゃが、それならわしが断ったらなんとする」

と、手で自分の顔を撫でた。

「口封じですか」

　平九郎が答えると、

「いかにも。わしは飲んだくれの隙だらけであった。今もじゃがな。殺そうと思えばいくらでもできたはずじゃ。酔っぱらって夜道、そう神田川沿いを千鳥足で歩いておるのを突きとばせば、それでお仕舞じゃ」

　がははは、と法庵は笑った。

「一理ありますな」

　平九郎が言うと、

「とにかく、わしは房子さまが毒を盛ったのではない、と信じておる」

　強い口調で言うと酒を飲んだ。

　法庵は上機嫌で帰って行った。

　弓削と二人になってから、

「法庵先生の話、どのように思われましたかな」

　弓削に問われた。

「さて、暖簾《のれん》に腕押しのような言葉ばかりで……ただ、房子さまに対する信頼は厚いということがよくわかりました」

平九郎が答えると、

「法庵先生、ひょっとして房子さまの色香に惑《まど》ったのですかな」

弓削は鼻を鳴らした。

「法庵先生の房子さまへの想いは情愛とは違うでしょう。房子さまを恋い慕っておられるのなら、本家に藩医として出仕なさるのではありませぬか」

平九郎が反論すると、

「いや、その通りですな。拙者としたことが、とんだ下衆《げす》の勘繰りでござった。いかん、どうも焦りが先に立ち、よからぬ妄想を抱いてしまう」

弓削は自分の頭を拳で二度、三度と叩いた。

「情愛ではないにしても、法庵先生の房子さまに対する信頼は大変なものです。正和さま毒殺の真実を突き止めるに当たり、おろそかにはできませぬ」

平九郎が主張すると、

「そうでしょうが、繰り返します。正和さまが亡くなられた時の状況からして、房子さま以外に毒を盛る機会はなかったのです」

弓削は反論した。

「そうですな…しかし法庵先生は房子さまではない、と信じておられる。やはり、法庵先生が申されたように、真実というものは表沙汰になっていない事柄のうちにあるものなのかもしれません」

平九郎は言った。

「そうかもしれませぬが、正和さま毒殺に限って申せば、それはない……つまり、全ては表沙汰になっております。椿殿の策の通り、房子さまの罪を暴《あば》き立て、房子さまを窮地《きゅうち》に追い詰めることで我らの味方につけ、本家の支援を受けるように致したい、と存じます」

弓削は主張した。

弓削の希望を無視はできない。それに、平九郎自身が房子を疑い、追い詰めようと主張したのだ。

「わかりました。ならば、とにかく房子さまに会います」

「先だって話した小料理屋ですな」

「そうです」

「なるほど、直接会う機会はあるかもしれませぬ。ですが、房子さまは相当に気位が高いお方です。見ず知らずの者に会って言葉を交わすようなことはなさりませぬ。ましてや、その場で房子さまの罪を質《ただ》すことなど、できませせぬぞ」

弓削は言った。

「何か考えねばなりませぬな」

思案をしたが、すぐに妙案が浮かぶはずもなく、ため息ばかりが漏れてきた。夕暮れ近くなり、ぽつぽつと客が入って来た。お紺の元気な声に迎えられ、客たちは、

「まずは熱いのをつけてくれ」

などと、最初は関東地回りの酒を燗にして飲み始める。売価を下げることができた飲み口のよい横手誉は少し高めの価だが締めにしているようだ。

ともかく、房子に会う際には何か算段をしなければならない。

平九郎の脳裏に会ったことのない房子の存在が巨大な影となっていった。

第三章　我儘三昧《わがままざんまい》の奥方

一

二十七日の昼下がり、藤間源四郎は深川の呉服屋、錦屋に隣接する料理屋桜川《さくらがわ》に料理人として雇われようと訪れた。縞柄《しまがら》の着物を着流し、懐《ふところ》には包丁を手拭で包んで持参している。

桜川は日本橋や浅草の高級料理屋にも劣らない檜《ひのき》造りの立派な店構えであった。庭は手入れが行き届き、小判型の池には極彩色《ごくさいしき》の鯉が泳ぎ、大きな庭石が置かれている。庭石はいい具合に苔むしていた。

裏手にある調理場に立つと、戸袋に料理人を募集する紙が貼ってある。年中募集しているようで、料理頭の五平の傲慢《ごうまん》ぶりが見えるようだ。一流の料理屋にいたという驕《おご》りから料理人たちを見下し、顎でこき使っているという弓削の話は本当のようだ。

勝手口から中に入り、

「お世話になります。あっしゃ、源太《げんた》といいます」

藤間は偽名を名乗った。

五平は小上がりになった板敷に腰かけ、煙草を喫《きっ》していた。数人の料理人たちが洗い物や掃除をしている。

「うちで働くんなら、辛抱が肝心だぜ」

ぶっきらぼうに五平は声をかけた。

「はい、一生懸命働きますんで、よろしくお願い致します」

藤間は深々と腰を折った。

「おめえ、包丁は確かに使えるんだろうな」

五平はうろんなものを見るかのような目で問いかけた。

「料理人の端くれですんで」

藤間が返すと、

「言葉じゃ信用できねえ。よし、大根、剝いてみな」

五平は顎をしゃくった。

藤間は俎板《まないた》の上の大根を見た。次いで持参した包丁を懐から取り出し、手拭を取った。包丁を右手に、大根を左手に取り、さっと、周囲の皮を剝いてゆく。迅速且《じんそくか》つ正確な作業で大根を桂剝きにしていった。

「お頭、こんなもんでよろしいですかね」

藤間は言った。

「ま、いいだろう。なら、次は鯵《あじ》だ。三枚に下ろしてみな」

五平に命じられ、

「合点《がってん》でえ」

俎板《まないた》に鯵を乗せ、藤間は鮮やかな手並みであっという間に三枚に下ろしてみせた。

「やるじゃねえか」

五平はにんまりとした。

「お頭、どうぞよろしくお願い致します」

とりあえずは料理人として潜り込むことができた。

「こちらは値が張るそうで、いらっしゃるお客さまもお偉い方ばかりなんでしょうね。しくじっちゃ、大変だ」

さりげなく藤間は問いかけた。

「そりゃそうだ。おめえなんざ、ここに奉公しなきゃ、一生会えないお方ばかりだぜ。もっとも、お見かけするだけで言葉を交わすことなんざねえがな。そんでも、おれなんかはお褒めの言葉をかけて頂いて、褒美を頂戴することは珍しくはねえ」

自慢そうに五平は言った。

「そりゃ、凄《す》げえや。さすがは江戸一の料理人、桜川の五平師匠ですよ」

「おいおい、ずいぶんと持ち上げるじゃねえか。油断のならねえ野郎だな」

警戒の言葉とは裏腹に五平は満更でもない様子だ。

「ご褒美をくださるのはお武家さまですか」

「お武家さまもそうだが、お大名の奥方さまもだぜ」

五平の鼻が自慢げに動いた。

「そりゃ凄い……ですが、お大名の奥方さまは自由には出歩けないでしょう」

「墓参にかこつけてさ。土産をしこたま持参なさるからおれたちにもお裾分けがあるってもんだ。まあ、おめえも、懸命に働いていりゃ、おこぼれに預かれるってもんだ。ああ、そうだ、おめえ、奉公に上がって早々に運がいいぜ。明日、あるお武家さまの奥方さまがいらっしゃるんだ」

五平は機嫌がいい。

「そりゃいいですね」

藤間はにんまりとした。

「馬鹿、図に乗るんじゃねえ。おめえなんぞ、おこぼれったってほんのちょっぴりだから期待するとがっかりするぜ」

五平は笑った。

「そうですか……そりゃ、仕方ありませんね」

残念そうに肩を落とす。

「おめえも、早く一人前になりな。ここに奉公する連中はちょっと怒鳴られただけで、すぐにけつを捲《まく》りやがる。そうならねえように、性根《しょうね》を入れて働きな」

藤間の肩をぽんと叩き、五平は言った。

「頑張ります」

「その意気だ」

五平はうなずいた。

「なら、あっしは、掃除でもやらせてもらいます」

殊勝に藤間は申し出た。

「いい心がけだ」

五平は笑顔でうなずいた。

すると、急なる客だという。

蔵前《くらまえ》の札差《ふださし》が十人やって来たそうだ。

「けっ、あの連中は行儀が悪いんだ。金に飽かして飲んで騒いで……料理の味なんかわかりゃしない。そのくせ、通人《つうじん》を気取ってやがる鼻持ちならねえ奴らだ。そんな連中に出す料理なんざ、ありゃしないよ」

顔をしかめ、五平は札差を罵倒《ばとう》した。

札差は幕府から旗本、御家人に支給される米を商っている。幕府の御米蔵と同じく蔵前に店を構えていた。

御米蔵は浅草、大川《おおかわ》の右岸に沿って埋め立てられた総坪数三万六千六百五十坪の土地に建ち並んでいる。北から一番堀より八番堀まで舟入り堀が櫛《くし》の歯状に並び、五十四棟二百七十戸の蔵があった。

切米《きりまい》が支給される二月、五月、十月の支給日には旗本、御家人といった幕臣たちの他、米問屋、米仲買人や運送に携わる者でごった返す。幕臣たちは支給日の当日、自分たちが受領する米量や組番、氏名などが記された米切手を御蔵役所に提出した。入り口付近に大きな藁束《わらたば》の棒が立ててあり、それに手形を竹串に挟んでおいて順番を待った。これは、「差し札」と呼ばれた。幕臣たちは支給の呼び出しがあるまで近くの水茶屋などで休んでいた。

中々面倒な作業である。

そこで札差という商売が起こった。幕臣たちに代わって切米手形すなわち札を差し、俸禄米を受領して米問屋に売却するまでの手間一切を請け負う商いだ。従って、当初は米問屋が多かった。後にも米問屋とは深い関係を保っている。

札差たちは米の支給日が近づくと得意先の旗本や御家人の屋敷を廻り、各々の切米手形を預かっておいて御蔵から米が渡されると当日の米相場で現金化し、手数料を差し引いた残りの金を屋敷に届ける。

江戸開府から時代を経るにつれ幕臣たちの暮らしは次第に困窮した。何せ、収入は決められている。父祖伝来の固定した家禄のみである。時代が経つにつれ物価上昇、消費性向が高くなることに対応できなくなった。

そこで幕臣たちは蔵米を担保にして金を借りるようになる。その際、借入先として都合がよかったのが札差である。自分の札差に借金をし、札差は蔵米の支給日に売却して得た金から手数料と借金の元利を差し引き屋敷に届ける。札差はこうして金融業者としての性格を強めた。

そんな札差は莫大な富を蓄え、湯水のように散財した。五平がくさしたように金にものを言わせ、吉原《よしわら》や高級料理屋で豪遊した。派手な着物に身を包み、大勢の芸者、幇間を侍《はべ》らせ、どんちゃん騒ぎに興じる。時には店が大事にしている掛け軸や壺を壊し、弁償金を支払って済ませる。

通や粋を気取っているが品のない者たちが多かった。

五平が渋っていたところに女将のお里《さと》がやって来た。

「女将さん、無理ってもんだよ」

お里の顔を見るなり五平は断った。

「そんなこと言わないで、なんとかなりませんかね」

お里は懇願した。

「そんなこと言われても、できないもんはできないですよ。十人分の高級な食材なんかありませんぜ。札差のみなさまは舌が肥えていらっしゃる、食通ですからね、ご満足頂けるような料理はできませんよ。せめて三日前に報《しら》せてくださったら、腕によりをかけて、通人の札差さまを唸らせる料理を出したんですがね」

皮肉たっぷりに五平は返した。

「でもね、お一人五両をくださるんだよ。満足頂いたら、きっとご祝儀《しゅうぎ》もくださるよ」

お里は訴えたが、

「あっしゃね、銭金で包丁を振るいたくないんですよ。料理人の意地ってもんがありますんでね」

却って五平は臍《へそ》を曲げてしまった。

実際、調理場には鯛《たい》、鯉、鰹《かつお》などの上魚《じょうぎょ》はあるが夕方に来店する旗本たちの食膳に供されるため、札差に提供する高級食材はないのだ。五平が断ったのは彼の意固地さ、札差への嫌悪もさることながら、調理場の実状を考えての対応である。

お里としては、あり合わせの食材で料理をしてくれないかと願って札差の来店に応じたのだろう。

お里はむっとしたが五平の頑固さを知っているだけに、無理強いを受け入れないのはもっともだと納得したのか、

「しょうがないね、急なご来店ですから、お口に合う料理ができません、て、お断りするよ」

引き下がって調理場を出て行こうとした。五平は横を向いたままだ。

ここで藤間がお里を呼び止めた。

はっとなってお里は振り返る。五平もおやっとなった。

「差し出がましいですが、あたしがご用意致します」

藤間が申し出ると、

「馬鹿野郎、入り立ての新入りが生意気なこと言うんじゃねえ！　今時の奴らは、ちょっと誉めると図に乗りやがる。引っ込んでろ！」

五平は顔を真っ赤にして怒鳴った。

ぺこりと頭を下げながらも藤間は動じることなく、

「親方の手は煩《わずら》わせません。料理人のみなさんにも迷惑をおかけしません」

「てめえ一人で十人分の料理をこさえるっていうのか。しかも、食通ぶった札差連中の食膳をよ。法螺《ほら》も大概にしな」

怒りを通り越して五平は呆れ返った。

対してお里は藤間の自信ありげな態度に興味を引かれたようで、

「何か知恵があるのかい」

と、期待を込めて問いかけた。

藤間は首を縦に振ってから答えた。

「茶漬けです」

「はあ……」

五平は目を剝いた。

お里は小首を傾げている。

「五両のお茶漬けですよ」

藤間が言い添えると五平が頭に血を上らせて、

「何処の料理屋が五両の茶漬けなんて出すんだ。将軍さまだってそんな高い茶漬けなんざ、お食べにならねえよ。てめえ、舐《な》めてると承知しねえぞ」

と、藤間の胸倉を摑んだ。

料理人たちは調理場の隅で見守っている。

「まあ、親方、勘弁してやってくださいな」

お里が割って入り、五平は舌打ちをして手を離した。

「五両を取ろうっていうのだから、さぞや特別のお茶漬けなんだろうね」

真顔でお里は問いかけた。

「特別ってほどじゃありません。鯛一匹と糠漬《ぬかづ》け、梅干しで十分です」

藤間が答えると、

「なんだと」

即座に五平は文句を言い立てそうになったが、お里に制せられて黙り込んだ。

「鯛を焼いて、身を解《ほぐ》してすり潰します。手間はこれくらいです。糠漬けや梅干しはそのまま用意します。あと、米はくどいくらいによく研いで、あたしが焚きます。鯛もあたしが料理しますよ」

お茶漬けをかき込むかのように藤間はさらっと言ってのけた。

「値が張るのは鯛だけだけど、鯛にしたって十人分じゃなくて一匹だけでいいんだね」

半信半疑の様子でお里は確かめた。

「一匹で十分です。お茶漬けの具にするだけですからね。ああ、そうだ。好みに応じて食べられるように山葵《わさび》を添えます」

「それで、札差のみなさん、得心するかねえ」

不安になってきたようでお里は五平を見た。

「暴れなきゃいいですがね。五両払ったとしても、こんなひでえ料理を出されたって、吹聴するんじゃないですか。そうなったら、桜川の評判はがた落ちだ」

五平は鼻で笑った。

お里は断ろうかと迷い始めた。

「おっと、肝心なことを言い忘れました」

藤間は言った。

お里と五平がこちらを向く。

「お茶の葉は玉露《ぎょくろ》、合わせる水は富士の名水、米は越後《えちご》の一粒選《ひとつぶえ》り、と札差のみなさまには伝えてください」

「玉露はあるけど、富士の名水や越後の米なんかないよ」

お里は心配した。

「なに、米はあたしが一粒一粒立つように焚きます。富士の名水でしょうがこちらの井戸水でしょうが、お茶にしたら見分けられませんよ」

「そりゃそうだけど……」

「それにですよ、札差のみなさん、御馳走を食べ飽きているんですよ。食通を気取る方々です。江戸一、いや、天下一のお茶漬けだって出せばきっと興味しんしんになりますよ。おれは五両の茶漬けを食べたぜって、吉原あたりで自慢のネタにもなりますからね」

藤間が言うと、

「そりゃ面白《おもしれ》え！」

五平が賛同した。

「親方、気に入ってくださいましたか」

藤間がうなずきかけると、

「大いに気に入ったぜ。どうせ、あの連中に料理の味なんぞわかりゃしねえんだ。茶漬けで十分だよ。こりゃ面白え。食通気取りの札差どもの鼻を明かしてやれるってもんだ。おい、新入り、中々気が利くじゃねえか」

五平はすっかり乗り気になった。

藤間の策は当たり、札差たちは五両のお茶漬けを満喫して帰ったそうだ。藤間はお里と五平に気に入られた。

「三日後に大事なお客さまがいらっしゃるから、その時も頼むよ」

お里は藤間に祝儀袋をくれた。

大事な客とは権藤備前守義孝の姉、房子と侍女たちだとわかった。

二

藤間から房子が桜川を訪れる日は弥生晦日《みそか》と伝えられ、平九郎は前日に法庵を訪ねた。

診療所の書斎で法庵と面談に及んだ。

「先だってはすっかり御馳走になったな。いやあ、酒も蕎麦も美味かった。実は昨日、一人で出かけたのだ」

よほど法庵は気に入ったようだ。

「お気に召して頂き、お連れした甲斐がありました。患者のみなさんにも横手誉をお勧めくださるとありがたいですな」

平九郎の頼みを法庵は承知し、

「酒も肴も満足したのだが蕎麦がなかった。陽気な女将に訊いたら、蕎麦打ち職人が休んでいるとのことじゃった。残念じゃった」

盛清が知れば喜ぶだろう。

ここで平九郎は本題に入った。

「明日、房子さまが深川の料理屋桜川を訪れます。つきましては、ご一緒して頂けませぬか」

単刀直入に平九郎は頼んだ。

法庵の目が尖《とが》った。

「お願い致します」

重ねて頼み込むと、

「房子さまに会って正和さまの死について質すのか」

不愉快そうに法庵は言った。

「どうしても、正和さまの死の真実を知りたいのです」

「貴殿は大内家の留守居役、そこまで権藤家に深入りすることはないと思うが」

「弓削殿と約束をしたのです。加えて、お志津さまと亀千代君を当家で預かっております。権藤家再興を手助けするのはわたしの役目です。再興に当たって三年前の出来事を明らかにしなければ、ご本家の助力が得られませぬ。聞くところによりますと、房子さまは気難しい一面があるとか。初対面の者には心を開かれぬでしょう……もっとも、房子さまに限らず、初対面の者と打ち解けることは滅多にない、と存じますが」

平九郎の言葉に法庵はうなずいたが、

「そもそも、わしが一緒であっても、見ず知らずの者と話をするとは思えぬがな」

薄笑いを浮かべた。

「そうかもしれません。ですが、房子さまとやり取りができるのはこの機会の他にはありません。ここは、駄目で元々、とにかく、房子さまの心の内を知りたいのです」

切々と平九郎は訴えかけた。

「気難しいお方じゃからな」

法庵は繰り返した。

「お願い致します」

法庵が承知するまでは帰らない覚悟で平九郎は繰り返した。

「しつこいな」

法庵は顔をしかめた。

「房子さまも気にかけておられるのではありませぬか。正和さまは容態が急変して亡くなったのです。房子さまが毒を盛ったのだという噂は房子さまのお耳にも入ったことでしょう。房子さまが濡れ衣を着せられたのだとしたら正和さまの死の真実を知りたい、と願っておられるのではありませぬか。房子さまは正和さまの死を引きずっておられるのではないのですか」

熱を込め平九郎は語った。

「それは……」

法庵も異論は唱えない。それどころか、心が動き始めたようだ。

「房子さまは正和さまに深い情愛の念を抱いておられるのでしょう。今も夢枕に立つのではありませぬか」

「確かに房子さまは正和さまを慕っておられた。亡くなったと知り、しばらくは食事が咽喉を通らなかったほどじゃ」

「ならば、房子さまの呪縛《じゅばく》を解くべきではないでしょうか。藩医として法庵殿、房子さまの心に巣食う病魔を治療すべきではないでしょうか」

平九郎は半身を乗り出した。

法庵は小さくため息を吐《つ》き、

「そうじゃな。わしは藩医としての責務を尽くさねばならぬな」

と、平九郎の申し出を承知した。

平九郎は法庵と共に深川の料理屋桜川にやって来た。法庵は権藤家の藩医であった頃、房子の供で何度も訪れており、女将のお里とは馴染みだ。

お里は久しぶりの法庵の訪問を歓迎してくれた。

「本日は奥方さまもいらっしゃっているのですよ」

桜川にとって房子は上客、今も尚大名の奥方さまとして接しているようだ。

「ほう、そうか。しかし、無粋な男が邪魔しては失礼じゃ。こっそりと飲ませてもらおう」

法庵は平九郎と共に一階の一室に案内された。

部屋に入るや、

「酒じゃ、わしは酒を飲まないと目を開けておれん」

まことに訳のわからない理屈を並べ立てた。

「わかりました」

平九郎は言った。

女中に酒を頼んだ。

頼んでから待ち遠しそうに法庵は首を伸ばしていた。

が、中々酒が届かない。

「遅いではないか。酒くらいさっと出せばよかろう。料理に手間がかかるのはわかるのだがな」

苛立ちを募らせ法庵は言い立てた。

これ以上機嫌を悪くさせては駄目だ。房子への繋ぎにも悪影響を及ぼすだろう。

「ちょっと、待ってくださいよ」

平九郎は立ち上がり、座敷を出た。女中たちが慌ただしく動き回っている。房子のために店中がてんやわんやの大混乱のようだ。なんとか、房子と話をしたい。それには、法庵の機嫌を損《そこ》ねてはならないのだ。

酒が届かないと法庵の機嫌は悪くなる一方だ。

なんとかせねば。

平九郎は調理場に向かった。

調理場も戦場であった。

「こら、早くしねえか」

鬼の形相で怒鳴っているのが料理人頭の五平であろう。

耳に入ってくるやり取りでは、用意していた料理を房子は気に入らず、急遽別の料理を調えているようだ。

藤間が平九郎に気づき、酒を持って来てくれた。酒の肴にはカラスミを用意してくれた。藤間の気遣いに感謝し、小座敷に戻る。

「おお、待ちかねたぞ」

法庵は破顔した。

「お待たせしました」

平九郎は蒔絵銚子《まきえちょうし》から大きめの杯に酒を注ぐ。法庵は口から杯を迎え、美味そうに一口飲んだ。

「これも、どうぞ」

平九郎はカラスミも勧めた。

「これは気が利くな」

法庵は感謝した。

やがて、廊下が騒がしくなった。女の叫びや怒声が混じっている。

何事かと平九郎は廊下に出た。女中たちが右往左往している。女中は慌てているようで声が次第に大きくなり、嫌でもやり取りが耳に入ってくる。

腹痛に苦しむ女性がいるようだ。薬膳汁《やくぜんじる》を勧めても苦《にが》いと拒んで飲もうとしないらしい。

すると、

「お方さま、しっかりなされませ」

と、女の声が聞こえ、続いて複数の女が廊下を歩いて来る。みな、値の張りそうな着物を身に着けているが、中でも支えられている女は豪華絢爛《ごうかけんらん》な打掛《うちかけ》を重ねていた。

打掛の女は廊下でしゃがみ込んだ。

房子に違いない。

囲んでいるのは侍女であろう。

侍女の一人が薬をお飲みください、と懇願して湯呑を差し出した。

「嫌じゃ。あんな苦い薬、わらわは飲めぬ」

房子が我儘《わがまま》を言い立てる。

歳は三十前後、色白で面長の顔立ちだ。すっと鼻筋が通り、おちょぼ口が上品そうだが、苦痛のせいか両目が吊り上がり、気性の激しさを物語っている。

「良薬は口に苦し、と申します。どうぞ、我慢なされて……」

女中は説得したが房子は聞き入れない。

すると小座敷から法庵が出て来た。

「おお、これは、法庵先生」

地獄に仏、といった様子で侍女が語りかけた。

「梅乃《うめの》殿、久しいのお」

法庵は声をかけた。

もちろん、法庵との雑談に興ずる余裕などあるはずもなく、梅乃は房子を心配そうに見つめる。見かねたように法庵も、

「奥方さま、我儘を申されず、薬を飲みなされ」

と、声をかけた。

房子は思いもかけない法庵との遭遇に戸惑いの表情となったが、

「嫌じゃ」

と、依然として拒絶した。

断固とした房子からの拒絶に、法庵は渋面を作ったが、それも一瞬のことでじきに笑顔を取り繕い、煎じ薬の入った湯呑を女中から受け取った。次いで、息を止めると自分で飲んで見せた。

ごくりと一息に飲み干し、満面に笑みを拡げる。

「多少の苦味はござりますが、身体を思えば飲めぬことはござりませせぬぞ」

法庵は侍女に煎じ薬の代わりを持つよう命じた。房子は顔をそむけたままだ。大急ぎで侍女が代わりの薬を持って来た。それを受け取り、法庵は頭《ず》を低くして房子の前に置いた。

「楽になるのです。何卒、お飲みください。瞬きほどの間、息を止めれば飲み込めます。温《ぬる》いですから、火傷の心配もございませぬ」

丁寧に説明を加え、恭しく法庵が勧めるとさすがに気が差したのか、房子は湯呑を両手で持ち上げた。法庵は小さくうなずく。

おずおずと房子は湯呑を口に近づける。端麗《たんれい》極まる面差しが歪んだ。それでも覚悟を決めたのか両目を閉じ、縁に小さな口を付けると湯呑を傾けた。

が、

「嫌じゃ！」

甲走《かんばし》った声を発し、房子は湯呑を放り投げた。廊下の上に湯呑が転がる。放り投げた拍子に薬湯が法庵の顔にかかった。

法庵はむっとしたが、非難の言葉は発せず、口をへの字に結び小さくため息を漏らすに留まった。侍女たちは房子の怒りを恐れ平伏する。侍女たちが湯呑を片付けた。

房子相手とはいえ、法庵は随分と忍耐している。

自分の我儘を棚に上げ、

「苦しいぞえ、なんとか致せ……」

房子は腹痛を訴え続けた。侍女たちはおろおろとし、法庵に救いの目を向ける。法庵は侍女に再び煎じ薬の代わりを用意するよう命じたが、その顔は余裕に満ちている。

「待ちなさい。よしよし、わしが薬を煎じてみましょう」

法庵は申し出た。

「法庵殿が煎じようが同じこと」

房子は睨み返した。

「まあ、そうおっしゃらず、お任せくだされ」

宥めるように法庵は告げた。

すると、

「されど、法庵殿、口当たりの良い薬でなければ飲まぬぞ」

房子に念を押され、

「承知致しました」

法庵は腰を上げた。

廊下の突き当りの小部屋に入った。

平九郎も法庵の後に続く。我儘放題の房子を納得させようという法庵の技量を見定めたい。呑兵衛医者の本性が現れるかもしれない。

小部屋の中は薬種の匂いが立ち込めている。薬研《やげん》や様々な薬種、書籍が揃っていた。

「この料理屋は薬種も備わっておるのですか」

平九郎は驚いた。

「わしが進言したのじゃ。奥方さまはな、神経質なお方じゃ。ちょっとしたことに気が障り、それが原因で頭痛や腹痛を起こしてしまう。特に食事中にそうした傾向にある。それゆえ、いつでも薬が煎じられるように整えさせたのじゃ」

淡々と法庵は説明をした。

平九郎は感心した。単なる呑兵衛医者ではないようだ。

「では、この店に薬を煎じることができる者がおるのですか」

「雇うように言ったのじゃがな、どうも、雇っておらんようじゃな。宝の持ち腐れになっておる。わしが、権藤家の藩医であった頃は奥方さまに随行しておったゆえ、わしがここで薬を煎じたのじゃがな」

ため息混じりに法庵は言った。

今飲んだ薬は侍女が煎じたものだろうと法庵は言った。

「確かに、素人が煎じた薬はやたらと苦い。その割に効き目はないものじゃ」

法庵は肩をすくめ、小部屋を見回してから言った。

「紅花《べにばな》とスギナを煎じよう」

法庵は効き目を考えて選んだ。

次いで、

「すまぬが、酒と味醂《みりん》を少々、調達してきてくれ」

と、法庵は平九郎に頼んだ。

平九郎は調理場に向かおうとしたが、房子の侍女頭の梅乃がそれを引き受けた。

黙々と法庵は薬を煎じ始めた。薬研に薬種を放り込み、薬研車《ぐるま》を力を込めて前後に動かす。その横顔は真剣そのもので、平九郎が見知っている法庵とは別人だ。

そこへ梅乃が味醂と酒の入った徳利を持って来た。

「うむ、そこへ置け」

法庵は徳利に入った酒と味醂を猪口に移す。猪口半分の酒、一杯の味醂を薬湯に加える。

次いで薬湯を湯呑から猪口に少し移し、味見をした。苦味が和らいでいる。これで飲めそうだが、房子の薬湯に対する拒絶意識の高まりを考えると、もう一手間を加え、飲みやすくした方がいい、と法庵は思ったようだ。

そうだ、梅と砂糖……。

梅の赤みは見た目、薬湯への嫌悪感を和らげ、砂糖の甘味は波立った気持ちを穏やかにする。

「梅と砂糖を用意せよ」

法庵が言うと、侍女は目を白黒させたが、

「奥方さまが苦しんでおる。急げ」

催促すると即座に梅と砂糖が用意された。梅と砂糖を少し、薬湯に混入する。猪口に移して啜《すす》ると、薬湯というよりは美味しい飲み物である。

「もうひと手間かけるか」

法庵は呟いてから、

「柚子《ゆず》を……柚子を用意致せ」

と、命じた。

最早、侍女は躊躇うことなく、言われるまま柚子を切ってきた。法庵は柚子を搾《しぼ》り、薬湯に入れた。湯気から立ち上る柚子の香りが法庵の頬を緩《ゆる》めた。

これなら息を殺し、一息に飲み干さずともいい。ゆっくりと身体を温めながら飲めるだろう。薬湯をやかんに入れ、火鉢で温めてからお盆に載せた。一緒に小さめの湯呑を添える。

「さあ、これを持ってゆけ」

法庵は命じたが侍女は房子を恐れ躊躇っている。

「よい、わたしが持参する」

法庵が引き受けると侍女は安堵の表情となった。

平九郎は法庵についていった。

房子は専用の座敷に戻ったそうだ。

座敷に戻り、お盆を唐机《とうづくえ》の隅に置いた。房子は机に伏せ、苦しんでいた。

法庵は湯呑に少量の薬湯を注ぎ、房子の横に置いた。香りに反応し、房子は顔を上げる。

法庵は春風のような柔らかで温かみのある笑みを送り、

「お飲みくだされ」

と、勧めた。

房子は湯呑を取り、無言で口元に運ぶ。柚子の香りを楽しむように形の良い鼻をひくひくと動かし、ふうふうと息を吹きかけながらゆっくりと一口飲んだ。

「こ、これは、まこと薬湯かえ」

房子は驚きを示した。

「落ち着いて、飲まれよ。体内に残った毒素が小用《しょうよう》となって排出されます」

法庵は笑みを返した。

房子が飲み干すと、

「いかがですか。少しは楽になりましたか」

法庵が問いかける。

「痛みが和《やわ》らぎました」

房子の言葉に侍女たちは安堵した。法庵もほっとした様子だ。侍女がやかんから湯呑に薬湯を注いだ。それも房子は満足げに飲む。

表情を落ち着け、

「法庵殿、変わらぬ腕であるな」

と、法庵に声をかけた。

次いで平九郎の黒紋付をしげしげと眺め、

「変わった家紋《かもん》じゃ、それは茄子《なす》かえ」

と、興味を抱いた。

ともかく、これがきっかけとなり、平九郎は法庵と共に房子の御前でお相伴《しょうばん》に与《あずか》った。

法庵が平九郎を紹介した。

「ほう、大内家の留守居役か。どうして法庵殿と懇意になったのじゃ」

房子は興味を抱いたようである。

「それがですな、大内家肝煎《きもい》りの酒、横手誉なる酒があるのですが、これが中々の美味でしてな。横手誉を呑ませる店がわしの診療所の近くであったこともあって、何度か通ううちに懇意になった次第でございます」

法庵は言った。

「なるほど、お酒好きの法庵殿らしいな」

房子はくすりと笑った。

平九郎はお流れを頂戴してから、

「ところで、権藤家の再興に、わが大内家の大殿は力を尽くしております」

おごそかに打ち明けた。

房子の目が険《けわ》しくなった。

「それは、ご苦労なことであるな」

「房子さまにおかれましても、亡き正和さまのために権藤家再興を願っておられること存じます」

平九郎は言った。

「むろんのことじゃ」

言葉とは裏腹に房子の物言いは冷めたものであった。

「ご本家におかれましても、きっと再興へのお手助けをなさっておられましょう」

という平九郎の考えを、

「そうじゃのう」

浮かない様子で房子は認めた。

「気が進まないのですか」

平九郎は問いかけた。

「正直、乗り気ではない」

あからさまに房子は拒絶した。

「何故ですか」

平九郎は言った。

「権藤分家は公儀に対して不正を働いたのです。公儀とて再興を許せば体面が穢《けが》されることになりましょう」

淡々と房子は答えた。

「末期養子への欺瞞《ぎまん》でございますな」

すかさず平九郎は確かめた。

「そうじゃ」

不快そうに房子は顔をそむけた。

「しかし、末期養子の欺瞞は申しては何でございますが、よくあることでございます」

「そのようじゃのう……」

房子は冷ややかな生《なま》返事をした。

「そもそも、そのことが公儀の耳に入るというのもおかしいですし、公儀も通常は知らぬふりをするものを咎めだてしたのも不審と思われませぬか」

平九郎は疑念を投げかけた。

「知らぬ」

素っ気なく房子は否定した。

「何か思いつくことはありませぬか」

平九郎は問いかけた。

「さてのう」

房子はいなす。

「房子さま……」

平九郎は訴えかけた。

「わらわは存ぜぬ！」

房子は返した。

「どうあってもですか」

きつい目でひるまず平九郎は訊いた。

法庵が危ぶんだ。房子の勘気《かんき》を思ったのだろう。平九郎も房子は不快感を示し、席を立つものと思ったが意外にも房子は穏やかな表情のまま。

「ささを飲みなされ」

と、酒を勧めてくれた。

しかし、呑兵衛の法庵ですらも遠慮している。平九郎も躊躇ったが、

「遠慮はいらぬぞえ」

と、侍女たちに命じて平九郎と法庵のために酒を用意した。ここに至って、

「では」

と、相好《そうごう》を崩した。

三

「酒で舌が滑らかになったであろう。そろそろ、本音を話すがよい。わらわを訪ねたのは、わらわが正和どのに毒を盛った、あるいは盛らせた、と考えておるからであろう」

房子は平生《へいぜい》の表情のまま言った。

「いや、何も、わしは、そんな大それたことは」

慌てて法庵は否定したが、

「よい、そんなことは耳に入っておる。家中ではわらわが悪女と怨嗟《えんさ》の声が充満しておったであろう」

房子は薄笑いを浮かべた。

すると法庵は、

「その通りですな」

開き直ったようにぶっきらぼうに返した。

「法庵殿、この際じゃ、なんなりと申されよ」

これまでとは違って気さくな様子で房子は語りかけた。

「実は、わしも甚《はなは》だ迷惑をしておるのですぞ。房子さまに命じられ、わしが正和さまに毒を飲ませたのだという噂が立ちました」

迷惑そうに法庵は顔をしかめた。

「わらわが悪いと申すか」

「悪評を立てた者が悪いのです」

法庵は杯の酒をごくりと呑んだ。

平九郎は、

「房子さま、正和さまに毒など盛っておられませぬな」

と、真剣な目で確かめた。

「当たり前じゃ」

きっとした目で房子は答えた。

「信じますぞ」

平九郎は念を押した。

房子はうなずいた。

「詳しく話して頂けませぬか」

口調を強め平九郎は頼み込んだ。

「よかろう」

と、承知をして房子が語ったのは次の通りである。

正和は旅で風邪をこじらせ、藩邸に到着した時には高熱を発した。粥も喉に通らなかったほどに重篤《じゅうとく》であったが、壮健《そうけん》な体質と法庵の煎じた薬が効いて次第に熱が下がり、順調に平癒《へいゆ》に向かった。

房子は安堵し、梅乃に粥の入った土鍋を持たせ、正和の寝間を訪れた。正和は半身を起こし、粥を食べた。

「申しておくが、粥に毒など入れておらなかったぞえ」

房子は強調した。

正和は粥を食べ終え、

「明日には共に庭を散策いたそうと申された……」

房子は言葉を詰まらせた。

在りし日の正和を思い出したようだ。すると、房子は正和に情愛を抱いていたのだ

ていった。

ろうか。

粥を食べ終わると、正和は眠った。正和が眠ったのを見届けてから房子は寝間を出ていった。

「それが、朝になったら、亡くなられたというではないか」

房子は悲しみよりも驚きで言葉を発せられなかったそうだ。

「すると、夜中に何者かが寝間に忍び込み、毒を盛ったというのですか」

平九郎は疑問を呈した

「そうとしか考えられぬ」

当然のように房子は答えたが、弓削の言葉が思い出される。寝間の控えの間には弓削と川野という警固の侍が寝ずの番をしていた、と。

そのことを房子に問いかけた。

「寝間に出入りする者はいなかったということですが」

平九郎の問いかけに、

「それゆえ、わらわが疑われておるのじゃ。寝間に出入りした者はわらわが最後だというのでな。しかし、くどいように繰り返すが、わらわは断じて正和さまに毒など盛っておらぬ」

房子は強い口調になった。

平九郎は法庵に、

「正和さまの御様子は」

と、問いかけた。

法庵は小さくため息を吐いて、

「それはもう、凄惨《せいさん》なご様子であられた」

法庵は正和の死に様を語った。房子は耳を塞いだ。激しい吐血で枕や布団、畳は血に染まり、苦悶《くもん》の表情を浮かべ、正和は息絶えていたそうだ。

「やはり、毒を盛られたとしか思えませぬな」

という平九郎の推測に、

「その通りじゃ。わしもそのことは家中で言い立てた。真相を明らかにすべきだとな。しかし……」

法庵は力なく首を左右に振った。

家中では正和毒殺が幕府に知られたら、御家騒動と見なされ、せっかくの秋千代の家督相続も認められなくなってしまう、ということで事を荒立てることは伏せられた。下手人の探索、真相究明はうやむやになったのだ。

房子が、

「それゆえ、家中の者はわらわの仕業と信じて疑わぬ。正和さまの不審な死に蓋《ふた》をしておいて、わらわに疑いの目を向けた。真実が明らかとなっておらぬのをいいことにわらわに罪を被せ、ひいては御家改易の責任まで負わせておるのじゃ」

正和の寝間の警固に当たっていた弓削と川野はいずれも正和の近臣で、万が一にも裏切る者ではなかった。もっとも、弓削はお志津派、川野は房子派という色分けはできる。皮肉なことにその色分けが房子に不利をもたらした。

すなわち、お志津派の弓削一人が寝間に立ち入った者はいない、と証言したのではなく房子派の川野も同様の発言をしているのだ。二人の証言は寝間に忍び入った者はおらず、正和が毒殺されたとしたなら、正和が最後に口に入れた粥に毒が盛られていたことを証拠立てるものなのだ。

「ならば、いかにして下手人は正和さまに毒を飲ませたのでしょう」

強い疑問を平九郎は問いかけた。

「わからぬ」

途方に暮れるように房子は天を仰いだ。

これでは、埒《らち》が明かない。状況を聞く限り、房子が下手人としか思えない。弓削たちが疑うのもよくわかる。状況からすれば、房子以外に毒を盛れた者はいないのだ。

しかし、平九郎は房子と対面して房子の仕業とは思えなくなった。房子が嘘を吐《つ》いているようには思えないのだ。房子は我儘で感情の起伏が激しい。それでも、正和への情愛は本物だと感じた。平九郎の直感に過ぎないのだが、正和毒殺は房子の仕業ではないと確信した。

正和の死についてはひとまず置いておこう。

「失礼ながらお話しくださりませ。末期養子届け出についてです。秋千代君の養子縁組は、実は正和さまがお亡くなりになってからだったと公儀に報せたのは……」

敢えて平九郎は言葉を止めた。

「わらわと思うか」

目元をきつくし、房子は問い直した。

凛とした房子の態度に気圧《けお》され、

「違うのですな」

と、平九郎はおもねった問いかけをした。

房子は否定すると思いきや、

「わらわじゃ」

なんとしれっと房子は自分が報せたと認めた。しかも、悪びれることもなくである。

「なんと、それでは、房子さまが権藤家を改易に追い込んだのではないですか」

批難を込めて平九郎が言うと、

「そうなるのお」

房子の口調は乾いている。

啞然《あぜん》とした平九郎であったが気を取り直して問いかけた。

「どうして、そのようなことをなさったのですか」

「その前に秋千代の死を解明せねばならないぞえ」

またも意外なことを房子は言い出した。

「秋千代君は木から落ちて亡くなった、と弓削殿に聞きましたが……」

平九郎は法庵を見た。

法庵は困ったような顔で口をつぐんでいる。

「違う」

強い口調で房子は否定し、法庵に視線を向けた。平九郎と房子の視線を受け止め、
法庵は、

「房子さまは毒殺と思っておられるのじゃ」

と、言った。

「間違いない」

目を凝らし、房子は断じた。

平九郎は当惑した。

「木から落ちて命を落とされたのではないのですか」

「そんな戯言《ざれごと》を」

房子は一笑に付した。

「違うのですね」

平九郎は念押しをした。

「当たり前じゃ」

房子は法庵を促した。

法庵は言った。

「秋千代君は土蔵の中におられたのです」

「蔵の中……」

戸惑うばかりだ。

「どういうことですか」

意外な経緯に気持ちが昂《たかぶ》った。

「まず、わらわから話しましょう」

静かな口調で房子は語り始めた。

房子は胸騒ぎがしたそうだ。正和が何者かに殺され、次は秋千代が危ういと思い、危機感を抱いた。それゆえ、幕府に秋千代の家督相続が認められるまで安全な場所に移そうと考えた。

寝間では正和同様に毒殺の恐れがあると、土蔵で寝泊まりをさせたのだ。食事などを運ぶために出入りする者は、房子以外は侍女頭の梅乃のみとした。土蔵の出入り口は観音扉で、秋千代には中から閂《かんぬき》を掛けさせた。房子と梅乃以外の者が声をかけても観音扉を開けてはならない、と房子はきつく命じた。

幸い、秋千代は土蔵の中での暮らしを気に入った。というのは、土蔵で暮らす間、学問や武芸に励まなくてもいいばかりかお気に入りの玩具で好きなだけ遊ぶことができたのだ。時に遊戯の相手を房子や梅乃がした。

また、食事も秋千代の好物ばかりが調えられた。そんな土蔵生活が二日続いた後、秋千代は毒殺された。二日目の朝、見るも無惨な亡骸となって梅乃に発見されたのだ。

毒殺されたとは言えず、幕府には木から落ちて死んだ、と届けられた。この時点で正和の死は幕府には伏せられていた。

「この際であるから申す。正和さまと秋千代を殺したのは弓削の一派じゃ」

憎々しそうに房子は断じた。

「なんですと」

平九郎は啞然となった。

「嘘ではない」

房子は言った。

「俄かには信じられませぬ」

平九郎は首を左右に振った。

「法庵殿」

房子は法庵から話せと言っているようだ。

平九郎は法庵を見た。

「さて、なんと申したらよいのか」

法庵は迷っている。

しかし、三年前の出来事が房子の口から赤裸々に語られるに及んで法庵も逃げるわけにはいかない、と腹を括《くく》ったようだ。

四

秋千代は土蔵にいた。

そこには玩具が沢山あり、秋千代が一人で遊んでいたが……。

「すると、秋千代君はいかなる次第で亡くなったのですか」

平九郎は問いかけた。

「毒であった」

房子はぽつりと言った。

検死の現場には法庵が立ち合ったそうだ。

以下は、法庵が語った。

秋千代は文机《ふづくえ》の前で仰向けに倒れていた。前髪が残り、幼さの残った顔、両目をかっと見開き、口からどす黒い血を溢れさせていた。両手で咽喉を掻きむしっていたのが毒を盛られた苦悶を物語っていたそうだ。

毒殺に違いない。

法庵は亡骸の脇に屈《かが》んで秋千代の検死に当たった。房子がやって来たが、あまりの衝撃でその場に昏倒《こんとう》してしまった。侍女たちが慌てて寝間に連れて行こうとしたが、房子は息を吹き返し、秋千代の側にいると言い張った。

「一体誰じゃ、誰がこんな惨《むご》いことを。わらわは断じて許しませんぞ」

房子は悲しみから憤怒《ふんぬ》の形相となった。

そこへ弓削一真がやって来た。

房子は弓削に、

「そなたの仕業か」

いきなり疑いをかけた。

「いくら奥方さまとて、今のお言葉はひどうございます」

心外だとばかりに弓削は言い立てた。

「ならば、誰の仕業じゃ！」

房子は険しい口調で問責した。

「拙者にはわかりませぬ」

苦し気に弓削は答えた。

「ならば、わらわが下手人を探す」

勢いで房子は言った。

「探索は我ら早耳番にお任せくださりませ」

弓削は平伏した。

「すぐに、挙げよ」

房子はきつい口調で命じた。

その後、土蔵に出入りをした最後の人間は梅乃だとわかったが、それは自明の理だ。土蔵に出入りできるのは房子と梅乃以外にはいなかったのだから。

ただ、房子と梅乃ではない者が観音扉を叩き、秋千代に中に入れてくれるよう頼んだのかもしれない。しかし、房子はきつく誰も入れてはならないと秋千代に言っていた。

秋千代は房子に従順であったし、前日、梅乃が訪れたのは夕餉を運んだ時であった。従って夕暮れ以降、土蔵を訪れる者に秋千代が不審を抱かないはずはない。

梅乃は前夜に運んだ食事と茶碗を下げに来たところだった。

出入口である観音扉は中から閂が掛けられていた。何度か叩いたが返事はない。秋千代は毎朝明け六つ半には目を覚す。

観音扉を押してもぴくりともしない。そこで梅乃は明り取りの天窓に梯子《はしご》を掛け、中を確認した。秋千代が血を吐いて倒れているのがわかったのだった。

何人かが土蔵に駆け着け、複数の斧《おの》で観音扉を破壊したのだった。

土蔵の中には秋千代以外には誰もいなかった。となると、前夜に梅乃が運んだ食事とお茶に毒が混入されていたと思われた。しかし、房子は、それは絶対にない、と否定した。

房子自身が毒味をしたというのだ。

「ならば、下手人はいかにして秋千代君に毒を盛ったのですか」

平九郎が問いかけた。

「秋千代君は毒を飲んだのではない」

法庵が割り込んだ。

「では……」

平九郎が戸惑うと、

「お顔が腫《は》れておったのじゃ」

秋千代の頬は醜く腫れていた。

「どういうことですか」

平九郎は法庵に向いた。

「毒蛇……おそらくは蝮《まむし》に噛まれたのかもしれませぬな」

法庵は答えた。

「蝮……ですか」

平九郎は首を捻った。

次いで、

「蝮が土蔵に紛れ込んだ、ということですか」

おかしい、と平九郎は首を捻った。

「梅乃殿や家臣方が土蔵に足を踏み入れた時、蝮などおりませんでしたな。ひょっとして、土蔵の隅に潜んでおったのかもしれませぬが」

と、法庵は証言した。

弓削や法庵が土蔵に入った時には朝日が差し込み、土蔵の中は陽光に溢れていた。蝮がいれば気づくはずだと法庵は言い添えた。

平九郎はうなずき、

「蝮が秋千代君を噛んだとして、何処から入って来たのでしょう」

と、疑問を投げかけた。

「わかりませんな」

法庵は首を左右に振った。

「では、どうやって、秋千代は蝮に嚙まれたのじゃ」

房子は苛立った。

「それをこれから調べなければなりませぬ」

諭すように平九郎は言った。

「その通りじゃ」

房子も賛同した。

「蝮となりますと、これは事故だったのかもしれませんな」

平九郎が言うと、

「殺しに決まっておろう」

根拠も示さず房子は断じた。

「殺しとしましたら、何者かが蝮を持って土蔵に出入りしたことになります」

平九郎の指摘に房子は口を閉ざした。

「下手人は何処から出入りしたのでしょう」

改めて法庵は扉が閂で閉ざされていたのだと指摘した。

「明り取りの窓ではなかったのですか」

平九郎の考えに、

「窓からですか、それは無理じゃったな」

窓には格子《こうし》があり、その隙間からでは、たとえ子供であっても、出入りする余地のないことは明々白々だったと法庵は証言をした。

「無理じゃな」

法庵は強調した。

しかし、

「では、下手人は蝮を窓から投げ込んだのではないでしょうか」

平九郎は思いつきを口にした。

「それなら、蝮は土蔵の中に残っておったはずじゃ」

法庵は平九郎の考えの穴をついた。

「それもそうですな」

認めたものの、平九郎はならばどうやったのだという深い謎に包まれた。

平九郎の考えの手助けと思ってか、

「わしは土蔵の外から窓を見上げた。七尺《しゃく》ほどの所に窓はあった。朝日が眩しくてな、手庇《てびさし》を作って見上げたもんじゃ。外から窓を見た目的はな」

ここまで法庵が言ったところで、

「投げ込んだとお考えになったのですね」

平九郎が確かめた。

「その通りじゃ、わしは周囲を見回し、木の枝を拾って投げてみた。しかし、そんなうまい具合に窓から入るものではない」

法庵は苦笑した。

「うまくやれば入ったのではないのですか」

尚も平九郎は食い下がったが、

「無理であろう。そんなことよりも、梯子じゃ。梯子を立てかけた」

法庵は言った。

それはそうだ。迂闊にも気づかなかったが、梯子を上ればよいのだ。

「しかし、窓から蝮を投げ入れたとて、わしらが入った時に蝮はいなかったのは確かなのじゃからな」

法庵の言い分を、

「それもそうですな」

平九郎も認めた。

「まさしく、謎めいておった」

と、法庵がつぶやくと、

「弓削の仕業じゃ」

房子は決めつけた。

「房子さま……」

困ったように法庵は嘆いた。

「よほど、弓削殿をお疑いのようですな」

平九郎は疑念を抱いた。

「あの者の仕業に決まっておるのじゃ」

房子は弓削がよほど気に食わないと見え、険しさが増した。

「それにしても、毒殺の方法がわかりませぬぞ」

法庵が抗がうと、

「法庵殿、そなた、弓削から金品を受け取って、口止めされたのではないのか」

房子は法庵を責め立てた。

「そのようなこと」

法庵はむっとした。

「違うのか」

房子は畳みかけた。

「わしは武士ではござりませぬが、金品では動きませぬ」

房子を見据えて法庵は堂々と返した。

「そうであったな。そなたは、金品に拘《こだわ》らぬ気性であった。亡き殿もその点を誉めておられた」

房子は許せ、と詫びた。

「おわかり頂ければ、それで結構」

法庵は笑った。

第四章　二重の毒

一

月が替わった卯月一日の昼、大内家上屋敷、使者の間で平九郎は弓削一真、平野純一郎と対面をした。

若葉が目に沁みる時節となった。梅雨までの間、薫風が吹き抜ける好天の日が続くのを平九郎は願っている。

ただ、権藤家の内紛と御家再興に首を突っ込み、平穏な日々を送るのは諦めている。

弓削はいつも通りの穏やかな面持ちで一礼をした。平野も以前会った時と同様の武張った面持ちで背筋をぴんと伸ばし、武家の作法に則った挨拶をした。

二人の目は輝きに彩られ、御家再興の進展があったのではという期待が伝わってくる。

そんな弓削と平野に水を差すように、

「弓削殿、房子さまは貴殿をお疑いです」

房子の疑念を平九郎は包み隠さずに告げた。

「なんと……」

弓削は口を半開きにして驚きを示した後に、

「相変わらずですな」

と、薄笑いを浮かべた。

平野は唇を嚙み、無言を貫いている。

今度は平九郎が困惑をして、

「と、おっしゃると……」

「房子さまは、拙者や早耳番を嫌っていらっしゃいます。おわかりと存じますが、拙者がお志津さまや亀千代君をお譲りしておりましたのが原因です。正和さま、秋千代君が相次いで亡くなられたのは拙者らが亀千代君を擁して御家乗っ取りを計ってのこと、という妄想に囚われておられるのです」

困ったものだ、と弓削は嘆いた。人の好さそうな顔を曇らせ、困惑を示している。

平野も小さくため息を吐き、困惑ぶりを示した。

「妄想ですか……」

乾いた口調で平九郎は言った。

「まさか、椿殿、房子さまの言葉を真に受けたのですか」

心外だとばかりに弓削は顔をしかめた。

「ならば、弓削殿、房子さまの疑念を解くべきではないのですか」

平九郎は言い返した。

「いくら言い訳をしたとて、房子さまが拙者への疑念を取り払うことなどありえませぬ。それよりも、房子さまのおっしゃること、椿殿はおかしいと思われませぬか」

抗議するように弓削は語りかけた。

平九郎が口を閉ざしていると、

「正和さま、秋千代君、お二方とも病による死でござりますぞ。とても、人が介在した余地はござらぬ……あ、そうですな、拙者は秋千代君が木から落ちて亡くなったとお伝えしました。偽りを申したことで拙者への不快感を募らせたのですか。言い訳ですが、あれはやむを得ず……」

ここまで弓削が反論を言い出したところで平九郎は制して返した。

「御家の事情を思えば、秋千代君が毒殺されたと公儀に届けられなかったのは、わたしもよくわかります。木から落ちて亡くなったと弓削殿が申されたことは不快でも不審でもありません。問題は秋千代君が毒殺されたことです」

弓削は一瞬口を閉ざしたがじきに気を取り直して口を開いた。

「お聞きになられたでしょう。秋千代君の死に、人が介在する余地はございませんでした。そうです。正和さま、秋千代君共に不幸な病による急死なのです。偶然に過ぎる、と勘繰られるかもしれませんが、どうして我らが介入できましょうか」

「それは……」

実際、正和、秋千代共に毒殺するのは不可能としか思えない。

平九郎が答えられないのを見て、

「いかがかな」

弓削は余裕の笑みを浮かべた。

「椿殿、我ら一味同心ではありませぬか。御家再興に手助けを約束くださったのですぞ。武士に二言《にごん》はない！　ですぞ」

平野が武士道を楯に言い立てた。

悔しいが言葉を返すことができない。

ここで弓削は話を変えた。

「ところで、椿殿、権藤家再興の方策ですが、房子さまの助力を得られないとなりますと、これは難しくなりますな」

「そうですな」

生返事をするだけでこの難問にも妙案は浮かばない。弓削が言うように房子が権藤本家に働きかけてくれなければ、本家の助力を得られない。御家再興は難しい。

弓削はため息を吐き、

「我ら、早耳番の中には暮らしが立ち行かなくなっておる者がおります」

早耳番は亀千代を奉戴《ほうたい》して権藤家を再興できるという希望があるからこそ、この三年間を、歯を食い縛って奮闘してきたが、その希望が絶たれれば、雪崩《なだれ》を打って脱落者が出るだろう。

平野も苦衷の表情で、

「それでも石にかじりついて、時には人足仕事をやり、水腹《みずばら》で過ごし、早耳番の者は奮闘しております」

と、拳を握りしめた。

「我らの悲願を叶えてくだされ」

弓削は平九郎の情に訴えた。

「お引き受けしたからにはわたしも大殿も力を尽くします。ですが、改易された御家の再興となりますと、大内家や奥羽諸藩という外部の力添えに加え本家の助力は欠かせませぬ。それには房子さまのお力添えは欠かせませぬ」

努めて冷静に平九郎は考えを述べ立てた。

「房子さまのお気持ちを変えることは無理でありましょうな」

落胆の様子で弓削は肩を落とした。

「弓削殿や早耳番を嫌悪なさろうと、房子さまとて分家の再興を願うお気持ちはありましょう。房子さまを味方につけるには、正和さま、亀千代君の死を明らかにすることです。つまり、お二方の死に弓削殿や早耳番は関与していなかった、と明らかにすることですぞ」

平九郎の考えに、

「既に明らかになっております。繰り返しますが、正和さま、秋千代君共に病で亡くなったのです。毒殺ができる状況にはなかったのです。くどいようですが、正和さまの寝間は拙者と川野殿が夜を徹して警固しておりました。秋千代君は土蔵でお暮しになり、房子さまと梅乃殿以外の者は出入りできなかったのです」

弓削は軍学を講義するように弁舌爽やかに言い立てた。

まさしく、堂々巡りである。

平九郎の困惑を見て、

「さて、いかがしたものか」

弓削は唸った。

平九郎も腕を組んだ。

しばらく沈黙の後、

「大殿……盛清さまから権藤本家の殿、権藤備前守義孝さまを説得して頂くというのはいかがでしょう」

平九郎はおやっという顔になった。

自分は正和と秋千代の死について思案を巡らしていたのだが、弓削は御家再興の方策を練っていたのだ。

だが、考えてみれば当然だ。正和と秋千代の死は弓削には病死として解決している、彼が心血を注ぐべきはあくまで御家再興なのだ。

平九郎も正和と秋千代の死はひとまず置き、権藤家再興を思案しよう。

となると、弓削の申し出は房子の頭越しである。房子が承知するはずはない。

　そんな平九郎の危惧を掃うように弓削は言った。

「房子さまは承知くださらぬでしょうが、備前守さまの意には逆らえませぬ。失礼ながら出戻りの立場ですからな。そうそう、ご自分の我を通すことなどはできませぬぞ」

「では、肝心の備前守さまは承知くださるでしょうか」

　平九郎は疑念を投げかけた。

「備前守さまは評判を気になさるお方です。分家の悲願に手助けをすれば、ご自分の評判は高くなります」

　勝算ありげに弓削は断じた。

「評判……」

　弓削ほどに頼りにはできない。

　すると、

「これを」

　弓削は懐中《かいちゅう》から一枚の紙を取り出した。

　読売であった。読売には某大名家改易の陰に奥方の悋気、と題され、奥方と思われる女がおどろおどろしい物の怪《け》のような絵に描かれている。名前こそ記されてはいないが、誰が読んでも権藤家改易と房子を揶揄《やゆ》する記事であった。

「房子さまにはこんな悪評が立っておるのです。備前守さまは、下々《しもじも》の流行り物に関心を寄せておられる。密かに読売をお読みになるのが楽しみとか。房子さまの悪評は権藤本家の評判、体面を落とすものと気に病まれるでしょう」

弓削の見通しを聞き、

「備前守さまのご気性が弓削殿の申された通りであるなら、なるほど、房子さまに反対されようが分家再興に助力くださるでしょうな」

平九郎も納得した。

「備前守さまへの嘆願は拙者では荷が勝ちます。椿殿から大殿盛清さまにお願いしてくだされ」

改めて弓削はお辞儀をした。

「承知しました」

平九郎も表情を引き締めて請け負った。

口で言うのはたやすいが、盛清が承知するか。いや、盛清であれば自分の評判を上げることにもなる、権藤備前守の説得に乗り出すかもしれない。

「椿殿、お願い致す」

釘を刺すように弓削は繰り返した。

平野も眦《まなじり》を決して頭を下げた。

自分はすっかり振り回されているだけではないか。

冷静に考えろ。

房子の言い分はもっともな気がするし、弓削の説明を聞けばなるほど、正和と秋千代の死は病としか思えない、いや、死の様子からして病死は怪しいが他殺となると、とても不可能であることは明白だ。

二人の死に関する謎を明らかにしない限り、胸のモヤモヤは収まらない。

平九郎は弓削の視線を受け止めながら、

「これだけは申しておきます。万が一、正和さまと秋千代君の死に弓削殿が関わっていたとしましたら、その時は、覚悟されよ。主君とお世継ぎさまを殺した家臣が願う御家再興など叶うはずがございません。かりに、お志津さま、亀千代さまは無関係としましても難しいでしょうな」

平九郎の言い分を受け止め、

「よく、承知をしております」

弓削は静かに返した。

平九郎がうなずいたところで、

「ただし、期限を設けて頂きたい」

弓削は申し出た。

「期限というと」

「我ら、御家再興の嘆願書をしたため、権藤本家のご支援を受けるのを前提に、大内家の大殿さまのご支援も得て公儀に嘆願を致す。その際、畏れ多くも公方さまに嘆願書を手渡すつもりです。ですから、是非とも本家の支援が欲しいのです」

「公方さまに……」

さすがに驚いた。

「そんなことが可能なのかとお疑いのようですな。むろん、江戸城中にて公方さまに拝謁《はいえつ》して嘆願書を上申することなどはできませぬ。それゆえ、公方さまが寛永寺《かんえいじ》に参詣なさる日、ごく内々に手渡したいと存じます」

「その日取りとは」

弓削は言った。

「今月の十五日です」

「その日、しかと公方さまがお受け取りになられるのですか。直訴ということになったら、御手討ちになりますぞ」

平九郎の危惧を、

「それは御懸念には及びませぬ。公方さまのお側近くにお仕えする方の介添えを得ること、お約束を頂いております」

その時までに盛清が助勢してくれるよう説得してくれということだ。

「異存ございませんな」

弓削は詰め寄った。

「むろんのこと」

平九郎は首肯した。

盛清をその気にさせるには、なんとしても正和と秋千代の死の真相を明らかにせねば……。

佐川権十郎の知恵を拝借しよう。

二

折よく、弓削が帰ってから佐川がやって来た。

今日の佐川は浅葱《あさぎ》色地に金糸で花鳥風月《かちょうふうげつ》を縫い取った小袖を着流している。

「なんだ、平さん、浮かない面《つら》をしているじゃないか。また、どうでもいいようなことでくよくよしているんだろう」

佐川らしい遠慮会釈のない物言いをした。

「難問ですよ」

平九郎はむっとして返した。

「難問を抱えるのは留守居役兼相国殿の御伽衆《おとぎしゅう》という役目柄、仕方あるまい。それに、平さんは見事に潜《くぐ》り抜けてきたじゃないか」

励ますように佐川は言った。

大内家の留守居役だが盛清の御伽衆、つまり近侍して雑談や趣味の相手になる役ではない。佐川とてそのことは承知した上で、平九郎の大変さを言っているのだ。

「ま、その通りですが、今回は一層の難問です。正和さまと秋千代君の死を明らかにせねばなりませぬ」

平九郎が返すと、

「やはり、お二人の死には黒いものがあるのかい」

佐川は目を凝らした。

平九郎は改めて二人の死の状況を説明した。

聞き終えると佐川は立ち上がった。

「何処へ行くんですか」

戸惑い気味に平九郎が問うと、

「土蔵だ。秋千代君の死について思案するぜ」

佐川は言った。

「しかし、当家の土蔵を見たところでわからないのではないですか」

平九郎は危惧の念を示した。

「なに、土蔵なんて何処も同じだ。土蔵を見ながら考えれば、良い考えが浮かぶかもしれんぞ」

なるほど、佐川の言うことも一理ある。

藩邸の土蔵が並ぶ一角にやって来た。

初夏の明るい陽光が降り注ぎ、芽吹いた若葉が目に鮮やかだ。青空には真っ白な雲が光り、燕《つばめ》が泳ぐように飛んでゆく。

佐川が着る小袖の浅葱色が新緑と対照をなし、ひときわ映えていた。

海鼠壁《なまこかべ》に権藤家の土蔵と同様に七尺程の高さに明り取りの窓がある。

「蝮に嚙まれたとしまして、蝮は梯子を掛ければ窓から入れられると思います。しかし、奇妙なことに、梅乃殿らが土蔵に入った時、蝮は何処にもいなかったそうです」

平九郎は言った。

「そりゃそうだろうな。蝮を窓から投げ落とすなんて、そんな間抜けなことを誰がするか。第一、窓から蝮が落ちてきたら秋千代君はびっくりするだろうよ」

佐川は笑った。

「ですが、夜中であったならどうでしょう」

平九郎が反論すると、

「そりゃ、投げ入れられた時は気づかなかったかもしれないな」

佐川は認めた。

「法庵殿の検死報告を見せてもらったのですよ」

「それで……」

佐川は関心を示した。

「蝮に嚙ませた可能性を説いているのに、不思議にも法庵殿の検死では、秋千代君の身体には蝮に嚙まれた傷はなかったのです。やはり、蝮の仕業ではない、ということなのでしょうか」

平九郎の考えを受け、

「そうとなると、秋千代君は毒を飲まされたってことになるが、観音扉には閂が掛けられていたんだな」

佐川は確認した。

「そうなのです」

「正和さまの場合と似ているってわけだな」

「そうなのです。正和さまも誰も出入りしていない寝間で毒を盛られたんですからね。まさしく、権藤家は毒に祟《たた》られているというか、真相は深い闇に閉ざされております」

平九郎は言った。

「よし、ならば、毒を盛られた方法を明らかにするのはとりあえず棚上げにしてだな、下手人は誰か、つまり、房子さまなのか弓削なのか、あるいは二人以外なのか」

佐川は解決の視点を変えたが、それでも平九郎には判断がつかない。房子の言葉を信用すれば弓削の仕業に違いないのだが、いかにして二人を毒殺したのかが明らかにならないことには自信を持って断定できない。

「それは……」

平九郎が悩むと、

「まず、利を得るのは誰かってことだ。つまり、正和さまが亡くなって得をするのは誰だ」

佐川は平九郎に問いかけた。

「房子さまですね。房子さまがお腹を痛めたわが子、秋千代君をお世継ぎにするために企てたのではないですか」

平九郎は答えた。

「そうかな。それなら、何も急ぐことはない。秋千代君は元服《げんぷく》前だったんだぞ。元服の儀を済ませてから、そして正和さまの隠居を待てば秋千代君は自《おの》ずと家督を相続できる。わざわざ、正和さまを殺すことはない」

きっぱりと佐川は否定した。

「となりますと、やはり弓削が怪しいですな。亀千代君に家督を継がせるには、まず、正和さまに死んでもらわなければならない。そして、秋千代君を殺す理由は房子さまにはない。ということは、弓削と早耳番の仕業と考えて間違いないですな」

いくぶんか自信を込めて平九郎は述べ立てた

「弓削の仕業に間違いないとなると、いかにして正和さまと秋千代君に毒を盛ったかだ」

佐川は結局、その問題に直面すると嘆いた。

「やはり、わかりませんか」

平九郎は唸った。

「悪いが、さっぱりわからん。どうすればいい」

佐川は嘆いた。

「もっと、雑説が必要ですね」

平九郎は言った。雑説とは情報である。

「そういうことだ」

「ならば、集めましょう」

「正和さまの寝間の警固に当たった者、それから、秋千代君の亡骸を発見した侍女に話が聞きたいな」

佐川の希望を聞き、

「わかりました。では、権藤本家に行きましょう」

平九郎は言った。

平九郎と佐川はその足で根津権現《ねづごんげん》近くにある権藤本家の中屋敷にやって来た。屋敷内桜川での面談を通じ平九郎を信頼してくれたようで、房子は会ってくれた。屋敷内では堅苦しかろう、と闊達《かったつ》なやり取りができるよう庭の東屋《あずまや》に案内された。東屋は小判型の池の畔にあった。周囲を季節の花々が彩っている。今の時節、躑躅《つつじ》が朱色の花を咲かせている。房子は佐川の装いを褒め上げた。

寝間の警固に当たっていた川野順三という武骨な男が房子に近侍した。川野は権藤本家に仕えていたが、房子が正和に輿入れする際に供に加わったのであった。房子が本家に戻ると一緒に本家に復帰したのだ。分家の時と同様に、御広敷用人を務めているそうだ。

平九郎と佐川は挨拶をしてから正和の病状が急変した夜について問いかけた。

川野は武骨な顔と同じ堅苦しい物言いで答えた。

「あの夜、奥方さまが殿の寝間から引き揚げられたのは夜五つであったと覚えており申す」

平九郎と佐川はうなずいた。

が、平九郎の脳裏に、

者の声音である。

「引け！」

という声が浮かび上がった。

弁天屋が火事になった夜、平九郎の前に現れた侍たちの中で、「引け！」と命じた者の声音である。

弓削は弁天屋に火を付けたのは本家の者、きっと房子の意を受けた者の仕業と言っていた。今となれば嘘のような気もするが、念のために確かめよう。

「話の腰を折るようで申し訳ないのですが……」

と前置きをしてから、平九郎は火事の夜のことを問いかけた。川野は、あれは自分でしたと認めてから、両手を膝に置いて頭を下げた。

「弁天屋に火を付けたのは？……」

平九郎は問いを重ねた。

違います、と強く否定してから、

「弓削が早耳番に命じて行わせたと考えて間違いないでしょう。火付けを本家の仕業と思わせて、大内家の藩邸に匿わせるためにやったのでしょう」

川野は推測したが、平九郎も異存はない。

平九郎が納得したことで川野は正和の死に話を戻した。

「殿はいつも明け六つには起床なさいました」

その朝は、病ということで、もう少し休んで頂こうと、寝間にも遅れて入りました。

その間、寝間に出入りした者は一切いなかった、と川野は断じた。

「きっとだな」

佐川が強調した。

「間違いござらん」

この武骨な男なら嘘は言わない。しかも、その間に居眠りなどもしていないだろう。

「何か気づいたことはありませぬか」

平九郎が問いかけた。

「さて」

川野は思案をした。

「なんでもいいのです。何かお気づきのことをお話しください」

平九郎は重ねて頼んだ。

房子が、

「どんな些細《ささい》のことでもよいのじゃ」

と、言い添えた。

川野は首を捻っていたが、はたと思いあたるように口を半開きにしたものの、

「いや、関係ござらぬ」

と、言うのを躊躇った。

「それ……お話しくだされ」

平九郎は懇願した。

「しかし」

川野が躊躇うと、

「いいから、話しなさい」

房子が焦《じ》れたように命じた。

川野は恐縮してから、

「鼠が、鼠が寝間の天井裏に出たようなのです」

と、言った。

正直、平九郎はがっかりした。横目に佐川が失笑を漏らしたのが映った。

房子が、

「あれほど、わらわが掃除をなさい、と命じたのに」

と、不満を言い立てた。

川野は背筋をぴんと伸ばし、

「申し訳ございませぬ」

と、詫びた。

しかし、ふと思い出したように、

「いいえ、我ら、奥方さまのお言いつけ通り、寝間の天井裏はきちんと掃除をさせました」

と、生真面目な顔で返した。

「しかし、そなた、たった今、鼠が出たと申したではないか……それに、天井には節穴が残っておった」

房子は不機嫌になってしまった。

それでも、

「天井の修繕も行わせました。殿がお着きになる前にちゃんとやらせました」

川野は言い立てた。

「そうは申すが、実際、節穴は残っておったのじゃ」

房子は譲らない。

「しかし……」

尚も川野は反論したそうであったが房子の手前、言葉を呑み込んだ。

するとと佐川が、

「節穴は何箇所もあったのですか」

と、房子に問いかけた。

「一箇所だけじゃ」

房子は答えた。

「どのあたりですか」

佐川は問いを重ねた。

正和の布団の真上だと房子は答え、

「それゆえ、わらわはよく覚えておる。殿の安眠を妨げるような気がしてな」

川野を見ながら言い添えた。

すると、

「そういうことか」

佐川は満足そうにうなずいた。

「まさか」

平九郎も予想がついた。

佐川は言った。

「下手人は天井裏に潜み、節穴を開け、そこから糸を垂らした。そして、その糸に毒の入った水を垂らし、正和さまの口に毒が伝い落ちたってわけだ」

佐川の推理に、

「なんと、そのような」

房子は驚愕《きょうがく》の表情を浮かべた。

川野が、

「弓削流軍学にそんな手段がありますぞ」

と、言った。

「まさしく」

平九郎も同意した。

弓削の私塾では本草学、特に毒薬について熱心に学んでいた。庭で武芸の稽古をする者の中で腹這いになって前進する男がいた。奴が天井を節穴目指して這って進んだのだろう。

「これで、弓削一派の仕業だとわかったな」

佐川は言った。

「おのれ」

房子は身を震わせた。

「よし、次は秋千代さまだ」

佐川は勢いづいた。

「弓削は策士じゃ。必ずや、思いもかけぬ狡猾《こうかつ》な手法を巡らしおったに違いない」

房子は言った。

三

川野に続いて侍女の梅乃が呼ばれた。梅乃も川野同様に房子が輿入れする前から房子に仕えていた。

「梅乃、なんでも包み隠さずに話しなされ」

房子は命じた。

「なんなりと」

梅乃は平九郎と佐川に一礼した。

佐川が、

「もう、何度も話したと思うんだが、いま一度秋千代君を見つけた時の様子を話してくれないか」

と、丁寧に問いかけた。

梅乃は首肯してから話し始めた。

観音扉を壊して梅乃は家臣たちと共に土蔵の中に入った。秋千代は土蔵の真ん中に倒れていた。真ん中には床《とこ》が敷かれ、文机が置いてある。秋千代は布団に横臥《おうが》していた。

「誰か人が隠れていることはありませんでしたか」

平九郎が問いかけると、

「それはなかったです。と、申しますのも、土蔵の中の箪笥などは一面の壁に沿って置かれ、あとは見渡せるのです。床の周囲には何も置いてありませんから、人が隠れていた余地はありません」

はっきりと梅乃は証言をした。

「天井裏にもか」

佐川は問いかけた。

「天井裏などありません」

大真面目に梅乃は答えた。

平九郎が、

「穴蔵はどうでしたか」

穴蔵とは土蔵の地下を掘り、千両箱や重要な証文を入れておく空間である。

「穴蔵も設けておりませぬ」

梅乃は否定した。

「そうか……」

佐川は腕を組んだ。

「扉の陰に潜んでいたのではないですか」

それもないだろうと期待せずに平九郎が問いかけると、案の定梅乃は否定した。

「ああ、そうだ。蝮もいなかったのですね」

平九郎は念押しをした。

「蝮はおりませんでした」

梅乃は微妙な言い回しをした。

「蝮は……と、言うと」

平九郎が問い質した。

「マルが、あ、秋千代君が可愛がっておられた三毛猫《みけ》ですが、マルがおりました」

梅乃は言った。

「飼い猫ですか」

平九郎は佐川と顔を見合わせた。

房子が、

「秋千代はマルを可愛がり、いつも、一緒に寝ておったほどじゃ」

と、証言した。

なるほど異常な可愛がりようである。

「マルは秋千代君の亡骸近くで大人しくしていたんだな。猫にも御主人さまが亡くなったことがわかっていたってことか。感心なことだ」

佐川は顎を掻いた。

しかし梅乃は、

「それが、わたくしたちが土蔵に入ったところ、マルは脱兎《だっと》の如き勢いで飛び出してゆきました。それは、もう、凶暴なもので、驚いたものです」

マルは大変に大人しい猫だったそうだ。梅乃たち侍女が近づいても爪を立てることなどなく、鳴き声も上げず、秋千代の膝の上で大人しくしていたという。

「時折、わたくしたちも頭を撫でてやっていたものです」

梅乃が言い添えると、

「秋千代君が亡くなってマルは動転したんだろうな」

深くは考えずに佐川は感想めいた言葉を発した。

対して平九郎は、

「そういうものでしょうか。マルが大変に賢いとしても猫に主人の生死がわかり、亡くなったことを悲しんだり、動揺したりするものでしょうか」

素朴な疑問を投げかけた。

「そりゃ、そうだな。猫ってのは犬と違って人にはなつかない。家になつくっていうものな」

佐川も同意した。

平九郎は房子に向いた。

「マルはどうしているのですか」

すると房子は寂し気な顔で、

「その日から行方が知れぬ」

「ほう」

平九郎は首を捻った。

房子は続けた。

「マルは秋千代の忘れ形見のような気がしたゆえ、探させたのじゃが、残念なことに見つからず仕舞じゃった」

いかにも残念そうだ。

「すみません、どうでもよいようなことでございますね」

梅乃は頭を下げた。

「いや、そんなことはないですよ」

平九郎は言った。

慰めだろうと梅乃は思っているようだが、

「なんだか、重要なことが潜んでいるような気がするのです」

平九郎は佐川を見た。

「おいおい、平さん、猫の手も借りたいって洒落《しゃれ》かい」

佐川はからかうかのようだが、

「明確なわけはわかりませんが、わたしにはマルの存在が秋千代君の死の真相を知る鍵のような気がするのです」

根拠はないために反論されるのを承知で平九郎は言った。

すると意外なことに房子も、

「わらわもそんな気がする」

と、賛同してくれた。

それを受け、

「猫か」

佐川は真面目に考え込んだ。

思いもかけない展開になったものだ。平九郎も言い出した手前、何か意見を言わないわけにはいかない。

「猫がいて蝮はいないか」

ぽつりと佐川は謎かけのように呟いた。

ふと、平九郎は疑念が生じた。

「マルは三毛猫ですな。三毛猫に限らず猫というものの区別ができますか。つまり、土蔵にいた猫はマルではなかったのではありませんか。それゆえ、なついているはずのマルが飛び出していった……もっとも、マルではなかったとしても、それがどうした、ということになるのですが」

平九郎の疑問には梅乃が答えた。

「マルに違いありませんでした。マルには首輪があったのです」

梅乃は答えた。マルには銀の首輪を付けていたそうだ。

「なるほど、マルに違いなかったのですね」

梅乃の話を受け入れたものの、平九郎は納得できない。日頃のマルとは別人、いや、別猫だったのでは……。

「ということは、マルかどうかは首輪で判断したんだな」

佐川が指摘した。

「どういう意味ですか」

平九郎は佐川の思わせぶりな物言いにおやっと思った。

「つまり、首輪さえ手に入ればマルと同じ大きさの三毛猫に首輪を施せば、マルに見せかけられるというわけだ」

佐川は考えを述べ立てた。

「いかにもその通りですが……」

それがどうした、という思いがこみ上げてくる。

佐川は、「そうだろう」と梅乃に確認した。

梅乃は認めた。

「なら、土蔵にいた三毛猫はマルではなかったんじゃないか。だから、いつもは大人しいマルが凶暴だったんだ」

佐川の推理だとマルの凶暴さが理解できる。しかし、それがどうしたというのだ。

平九郎の想いを代弁するかのように、

「贋《にせ》のマルであったとして、それがいかがしたのじゃ。それに、何故、贋のマルが土蔵に紛れ込んだのじゃ」

房子が疑問を投げかけた。

「贋のマルを土蔵に入れたのは弓削たちでしょう。贋のマルが自分の意志で土蔵に入り込むなどするはずがありませんからな。弓削がそんなことをしたのは……」

佐川がここで言葉を区切った。

平九郎が、

「毒だ」

と、大きな声を出した。

四

佐川はご名答だと両手を打った。

「そういうこった」

「どういうことじゃ。わかるように申せ」

戸惑いながら房子は言い立てた。

佐川が平九郎を促す。

平九郎は静かに語った。

「弓削はマルに目をつけたのです。マルであれば、秋千代君の最も近くに侍ることができます。誰も邪魔立てしないし、疑いすらしません。房子さまがお考えになった秋千代君を守る鉄壁の手法を突破したのです。いかにも策士、兵法者を気取る弓削一真らしいです。いや、誉めておるのではありません。弓削の私塾では本草学を講義しておりますが、特に毒草について多くの知識を教授していたのでしょう。早耳番は毒殺を得意としておったのではないでしょうか」

慌てて言い繕ってから平九郎はおもむろに語り続けた。

「弓削は贋のマルを用意した。おそらく、本物は殺したのでしょう。それで、本物の首輪を奪い、マルによく似た大きさの三毛猫に首輪をつけた。マルがいなくなり、心配した秋千代君にマルが見つかりました、と贋物を渡した。秋千代君は門を開け、観音扉を開いて贋物を中に入れた」

ここで言葉を区切った。

「それで、贋物のマルが土蔵の中に入り、それから何としたのじゃ」

房子はまどろっこしそうに訊いた。

「贋のマルの爪には蝮の毒が塗ってあったのです」

平九郎が言うと、

「なんと……では、秋千代は毒が塗られた爪でひっかかれたのですか」

房子は天を仰ぎ絶句した。

「恐ろしい……」

梅乃は恐怖で頬を引き攣らせた。

「実に狡猾なやり方です」

平九郎は顔をしかめた。

「おのれ弓削め。絶対に許さぬ」

房子はいきり立った。

「ここは落ち着いてくだされ」

平九郎がいさめたが、

「落ち着いてなどいられるものか」

房子は怒りを示した。

佐川が、

「まあ、房子さま、そう、いきりたたなくてもいいよ。正和さまと秋千代君を殺された恨みはあるだろうが、少なくとも奴らが願っている権藤家再興はできなくなったわけだ。房子さまが反対なのだからな」

と、明るく言ったが、房子は顔を曇らせたままだ。

「いかがされましたか。気がかりな点がありますか。それとも、仇《かたき》である弓削を成敗《せいばい》したいのですか」

平九郎が訊くと、

「できれば弓削とその一派、早耳番を成敗したい。でないと、正和さまも秋千代も冥《めい》途《ど》へ旅立てぬゆえな」

房子は感情を押し殺したように低いが太い声で言い立てた。両目が吊り上がり、怒りのやり場に困っているようだ。

弓削と早耳番を成敗するか――いや、それには証が必要だ。

「それに、証がないと、権藤家再興の可能性が残ってしまう」

房子は悔し気に言い添えた。

「お言葉ですが、房子さまが備前守さまにお願いしなければ、備前守さまも御家再興には動かないのではありませぬか」

平九郎は言った。

「兄はとかく評判を気になさるお方です。昨今、分家に同情が集まり、再興がならぬのは本家が横やりを入れている、という悪評を気にしておられるのです」

房子に打ち明けられ、弓削の見通しが裏付けられたとわかった。

「椿、そなた、大内の大殿に権藤家再興の後押しをやめるように説得してくだされ」

房子に頼まれ畏まりましたと返事をしたものの、盛清を説得するのは大変である。

盛清はかなり権藤家再興に前のめりになっているのだ。そんな盛清を説得するには弓削一真の陰謀《いんぼう》を明らかにしなければならない。

「さて、悔しいのお」

房子は怒りが収まらない。

佐川が、

「ここは、頭を使わなければいけないぞ。いかにする」

「そうですな」

平九郎は思案をした。

「弓削という男、策士でございます。策士というのは策に溺れるものです。そこをなんとか利用すれば、と」

平九郎の考えを受け、

「弓削は房子さまに何かお願いをされていませぬか」

佐川は房子に言った。

「弓削は図々しくも、わたくしに亀千代を擁しての権藤家再興を了承してもらいたい、と願っておる。わらわに証文を書け、と要求しておるくらいじゃ」

房子は憎々し気に語り、拒絶すると言った。

「図々しいな」

佐川は笑った。

「いかにも弓削らしいですな」

平九郎も苦笑をもらした。

「誰が証文など」

房子はきつい目をした。

平九郎が、

「出してください」

と、頼んだ。

「何を申す」

房子は剣呑《けんのん》な目をした。

「これも、策です」

平九郎は佐川を見た。

「それはいいかもな」

佐川も賛同した。

「どういうことじゃ」

房子はおやっという顔になった。

「弓削の狙いを聞き出すのですよ」

平九郎は言った。

佐川は梅乃を見た。

「梅乃さん、あんた、弓削に会ってくれよ。なに、証文を持っていくことはない。房子さまが証文を書く気になった、とだけ告げればいいさ。今のうちに弓削との間を繋いどくのがいいからな」

佐川は頼んだ。

房子が、

「それはならぬ。梅乃を危うい目に遭わせるわけにはいかぬ」

と、梅乃を気遣った。

佐川は梅乃を見た。

梅乃は唇を嚙んでいたが、

「やります」

と、決意の目をした。

「梅乃……」

房子は梅乃を危ぶんだ。

「大丈夫です。弓削殿に会いに行きます」

梅乃は言った。

その真摯《しんし》な態度に房子はうなずいた。

「あんた、大したものだ。偉い」

佐川はおだて上げたが梅乃は冷静である。あくまで、落ち着いた所作で、

「して、わたくしはどうすればよろしいのでしょう」

と、平九郎と佐川の顔を交互に見た。

「弓削の私塾に行ってもらいます」

平九郎は言った。

「わかりました」

梅乃は承知した。

「さて、楽しみだな……あ、いや、こりゃ不謹慎だな」

佐川は自分の頭を手で掻いた。

「さて、どうするか」

平九郎は腕を組んだ。

「万事は任せます」

房子は言った。

「お任せください」

平九郎は請け負った。

「平さん、こりゃ、よほど慎重にやらなきゃいけねえぜ」

佐川は言った。

「それには、大殿ですな」

それが一番の難問だと平九郎は言った。

「相国殿か。よし、おれが口説《くど》いてやろう」

佐川は請け負った。

「大殿を説得できるのは、まさしく佐川殿以外には考えられませぬな」

平九郎が言うと、

「平さん、すっかり口が巧くなったな」

と、笑った。

「佐川殿のご薫陶《くんとう》ですよ」

平九郎が返すと房子も声を上げて笑った。

「まあ、任せな」

佐川は上機嫌になった。

「佐川殿、くれぐれもよろしくお願い致します」

丁寧に房子は挨拶をした。

「さてさて、相国殿を心変わりさせるには、どうするかな」

佐川は楽しそうに思案を巡らせ始めた。


平九郎と佐川は下屋敷にやって来た。

盛清は屋敷の台所にいるそうだ。台所に入ると盛清は蕎麦を打っていた。その横には亀千代がいる。亀千代は楽しそうに盛清の蕎麦打ちを見ている。

「やってみるか」

盛清が誘うと、

「はい」

亀千代は素直に返事をして、見様見真似で蕎麦を打ち始めた。一見すると微笑ましい、祖父と孫のようである。

ところが、

「違う！　何度教えたらわかるのじゃ」

盛清は叱責を加えた。

亀千代はべそをかき、うつむく。

「よいか」

盛清は手取り足取り、教えようとするが亀千代はすっかり怯《おび》えてしまい、気の毒なほどだ。

「大殿」

平九郎は声をかけた。

盛清はちらっとこちらを見たが無視をして蕎麦打ちを続ける。

「相国殿、御家再興について大事な話があるのだ」

佐川が声をかけた。

ここに至って、

「なんじゃ」

と、盛清は面倒くさそうに手を休めた。

佐川は権藤家再興の話だと繰り返した。

「よし、一休みじゃ」

盛清は亀千代に言うと、こちらに歩いて来た。亀千代はほっと安堵したように蕎麦粉で遊び始めた。

板敷に腰をかけ、

「筋はよいのじゃがな」

盛清は亀千代を評した。

それから気持ちを切り替えるように平九郎と佐川に向いた。

「大殿、正和さまと秋千代君の死の真相が明らかになりそうです」

平九郎は言った。

「なりそう、とはなんじゃ。なるのではないのか。曖昧《あいまい》な物言いをしおって」

盛清らしく素直には聞かない。

「なりそう、とは推量は立ったのですが、何しろ三年前の一件ですので、証がないということです。ですが、間違いないと存じます」

強い口調で平九郎が言い添えると、

「よし、自信があるのじゃな。二人の死は謎めいておったのではなかったのか……それが、わかったというのなら、話を聞いてやろう」

恩着せがましく盛清は受け入れた。

「では」

平九郎はまず正和の死について語った。

弓削一真率いる、早耳番の毒殺の手口を説明し、寝間の天井の節穴が修繕されていなかったことと照らし合わせ、毒殺のからくりを説明した。

盛清は黙って聞いた後、

「弓削の仕業とは断定できぬぞ。そういう具合に行えば正和殿を毒殺できる、そして早耳番は毒殺を得意としており、その稽古も積んでいた、というだけじゃ」

あくまで冷静に評した。

ここで佐川が、

「そりゃ理屈だが、そんな手段を講じて藩主を毒殺するなんて大事を実行できるのは、弓削一真と早耳番以外はあり得ないと思うがな」

と、意見を添えた。

「ふん、曖昧じゃな。ま、ともかく、次、秋千代の死を聞こう。こっちも、人が介在するのは不可能な状態であったのじゃな」

盛清は口では懐疑的《かいぎてき》な様子であるが、乗り気になっている。

平九郎はおもむろに語り始めた。

「秋千代君の可愛がっていた三毛猫をすり替え、爪に蝮の毒を塗ったのです」

という手口を解説した。

この推理には、

「なるほど」

盛清は膝を打った。

「得心して頂けたかい」

佐川が確認すると、

「これも、そうやれば秋千代を毒殺することができた、というだけのことじゃ。弓削や早耳番の仕業だと、彼らの罪を糾弾《きゅうだん》するまではできぬぞ。秋千代毒殺のからくりが推量できたとて、弓削の仕業に違いないという証にはならんな」

自分が正しいかのように盛清は言い添えた。

平九郎はうなずき、

「ただ、弓削の仕業だという傍証《ぼうしょう》ですが、弓削が右手に傷を負っていたのです。それを何人もの人間が見ております。その傷はひっかき傷であったようだとも言います」

平九郎はマルの首輪を外し、贋のマルに着けた。マルは大人しかったが、贋物は凶暴だった。首輪を付ける際に暴れられたのだろうと、言い添えた。

「そうか」

盛清は考え込んだ。

「弓削一派は御家乗っ取りを計ったんだ」

両目をかっと見開き佐川は主張した。

「御家乗っ取りのう」

盛清は考え込んだ。

「ここは、考え直した方がよいぞ」

佐川は強く勧めた。

「つまり、権藤家再興の運動はやめるべきだというのか」

不満そうに盛清は返した。再興を手助けする気持ちを昂らせてきただけに一旦燃え上がった炎を消し止めるのは難しいのだろう。

「そうだ。恥をかきますぞ」

佐川は畳みかけた。

「しかし、今更……」

盛清は亀千代を見た。亀千代はけなげに盛清の教えを守り、蕎麦を打っている。おそらく、盛清は亀千代に情が移ったようだ。

「相国殿、間違ってはいかんぞ。晩節《ばんせつ》を穢《けが》してはならん」

ここぞと佐川は言い立てた。

「ああ、わかっとる……」

盛清は言葉とは裏腹に迷っているようだ。それから、

「かりに、弓削が正和殿と秋千代殿を謀殺《ぼうさつ》したとしても、権藤家再興は別の話ではないのか。末期養子は何処の大名家にも見られることじゃ。改易はむしろ例外であったのだ」

と、弓削たちの御家再興には理解を示した。

平九郎が反論するのを佐川が制して言った。

「じゃがな、藩主を謀殺した者たちが再興する御家に大儀はないと思うぞ。相国殿なら、その辺のことをわかってくれるのではないのか」

佐川らしからぬ丁寧《ていねい》な物言いで説得した。

「そうじゃのう」

盛清は思案の後、

「亀千代」

と、呼ばわった。

亀千代はこちらに歩いてきた。

盛清は亀千代をじっと見つめながら、

「そなた、大名になりたいか……お殿さまになりたいか」

と、問いかけた。

亀千代は首を傾げながら、

「なりたくない」

と、答えた。

「どうしてじゃ。お殿さまになれば、美味いものが食べられ、玩具が好きなだけ手に入るのだぞ」

盛清らしからぬ優し気な様子で問い直した。

亀千代は、

「なりたくない」

もう一度、繰り返した。

「どうしてじゃ」

盛清はもう一度問うた。

「侍なんかになりたくない。威張っていて、偉そうで、嫌いだ」

大きな声で亀千代は言った。

盛清はきょとんとしたが、

「そうか、そうじゃな。侍なんぞ、威張っておるだけじゃ」

と、声を放って笑った。

「そりゃそうだ」

佐川も笑った。

五

その日の夜、平九郎と盛清はお志津と面談をした。

「お志津殿、権藤家再興の件です」

平九郎が切り出した。

お志津は背筋をぴんと伸ばした。

「御家再興について黒きものがあります」

平九郎は正和と秋千代の死について弓削が深く関与していることを話した。お志津は黙って聞いていたが、

「それは……ど、どういうことでござりましょう」

大きく動揺を見せた。

ここで盛清が、

「お志津殿は亀千代君を再興された権藤家の当主にしたいか」

と、問いかけた。

お志津は顔を上げ、

「正直申しまして、望んでおりません」

と、きっぱりと答えた。

「何故じゃ」

盛清にしては穏やかに問いかけた。

「大変に失礼ですが、お武家の暮らしというのは、正直、こりごりでございます」

その言葉はお志津と亀千代の翻弄された運命を物語っているようだ。それでもお志津は言葉が足りないと思ったようで、

「わたくしは、亡き殿の御恩を受けました。それゆえ、夢のような暮らしもさせて頂きました。ですが、御家というのは決してきれいなもの、うわべの美しさとは違います。秋千代さまは権藤家の世継ぎに生まれなければ、きっと、今頃もこの世で笑ったり、遊んだりなさっていたことでしょう。亀千代がたとえ、お世継ぎになったとて、決して幸せが待っているとは思えないのです」

お志津はとくとくと心の内を吐露した。

「そうじゃな」

盛清はうなずく。

「よろしいのですね」

平九郎は念を押した。

「わたくしは、むしろ、市井に暮らすことを望みます。それが叶うことは大変にうれしく存じます」

お志津は言った。

「よかろう」

盛清は受け容れた。

「承知しました。弓削殿にはわたしから話を致します」

平九郎は請け負った。が、
しかし、お志津は顔を曇らせたままである。不安が募っているのだろう。

「弓削殿が引き下がらなかったら、とお考えですか」

平九郎は問いかけた。

「そうです。弓削さまが……」

お志津は怯えた表情を浮かべた。

「お任せください。お志津さまと亀千代君には手出しさせないように致します」

平九郎は強い口調で言った。

「どうか、よろしくお願い致します」

お志津はお辞儀をした。

「お任せください」

平九郎は胸を張った。

「それと、これからはお志津さまはやめてください。亀千代ではなく亀吉です。お願い致します」

お志津の申し出に、

「わかりました。お志津さま……あ、いや、お志津……さん」

平九郎は呼びかけた。

お志津はにっこりとした。

「よし、これでこちらの気持ちは固まったぞ。わしも、権藤家再興は断念じゃ」

盛清は言った。

お志津の表情が和んだ。

「清正、しっかりとこの一件にけりをつけなければならんぞ」

盛清に念押しをされ、

「承知致しました」

平九郎は気持ちをしっかりと入れた。

お志津は安堵の表情となり、

「わたくしは、房子さまに感謝致しております」

と、しみじみと語った。

「藩邸を追い出されたのにですか」

思わず、平九郎は問い直した。

「房子さまは心根のお優しい方でござります」

決して房子への追従《ついしょう》ではないようだ。

確かに房子は我儘ではあるが、噂とは違って物わかりがよく、悪女ではない。それにしても、お志津の房子に対する好感は予想以上だ。

何かあったのだろうか。

疑問が生じたが、今はそっとしておくことにした。

梅乃は弓削の私塾にやって来た。弓削は梅乃を書斎に通す。

「梅乃殿、わざわざのお越し、痛み入りますな」

弓削は上機嫌に語りかけた。

梅乃は、

「房子さま、権藤家再興の納得を頂きました」

と、告げた。

「そうですか、それは、かたじけない。房子さまの応援を頂ければ百人力でござる」

弓削は声を弾ませた。

次いで、

「余計なことですが、房子さまは何故心変わりをなさったんですか。いや、実にありがたいことなのですが」

喜びの後には警戒心が募ったようだ。

「亡き正和さまのご供養になる、と」

梅乃は答えた。

「なるほど、正和さまが亡くなられて三年、房子さまもお気持ちの整理がつき、権藤家の家臣たちの行く末にお心を砕いてくださるようになったのですな」

納得したように弓削は感謝の意を表してから証文を持参したか問いかけた。

「近々にも証文を用意致します」

梅乃は言った。

「近々とは……」

弓削の顔に苛立ちの色が浮かんだ。

「近日中です」

素っ気なく梅乃は返した。

弓削は更に問いを重ねようとしたが梅乃の機嫌を損なうのを恐れてか口をつぐんだ。

重苦しい空気が流れたのを気にして、

「ところで、亀千代君とお志津さま、お元気でいらっしゃいますか」

梅乃は取ってつけたようには訊いた。

「至って、お健《すこ》やかですぞ」

当然のように弓削は返した。

「亀千代君、実のところ、権藤家の当主となること、お望みなのでしょうか」

「そうに決まっております。どうして、そのようなことを申される」

弓削は訝しんだ。

「秋千代君がお亡くなりになり、藩邸にいらした時、しきりと家に帰りたがっておられました。藩邸で暮らすことを嫌がっておられましたので」

「あれから三年が経っております。亀千代君は立派に成長なさったのです。最早子供ではないのです」

確信を以て弓削は言った。

「なるほど」

梅乃は受け入れた。

「梅乃殿、御家再興の道筋がついたのです。我らの奔走がようやくのことで成就《じようじゆ》できるのです」

目に力を込めて弓削は言った。

「房子さまもできる限り力を尽くすそうです。しっかりとお願い致します」

念入りに頼み込むと梅乃は立ち上がった。

梅乃がいなくなってから、

「平野」

と、呼ばわった。

平野純一郎が入って来た。

「房子さまもようやく折れてくれそうだ」

ほっとしたように弓削は言った。

「ようございましたな。一番の難物でしたが、ともかく、よかったです」

平野も安堵した。

第五章　幻の再興

一

三日後、弓削は平野純一郎と顔を見合わせた。

平野が、

「房子さま、一転してこちらの要求を呑んでくださったかのようですが、果たして証文をくださるでしょうか」

と、危惧の念を示した。

私塾に梅乃が来訪してから何の音沙汰もない。将軍家斉《いえなり》へ嘆願書を出すのは五日後である。

「梅乃殿は房子さまが近々にも証文を書いてくださる、と申されたが」

不安が募ったのか弓削は視線が彷徨った。

「拙者は信用できませぬな。承知をしておいて、のらりくらりと引き延ばすのではござりませぬか。せっかく将軍家への嘆願の日が迫っているというのに……その機会を逸《いっ》してしまっては、これまでの苦労が水泡《すいほう》に帰してしまいます」

平野の言葉は弓削の不安を煽《あお》り立てる。

「いかにも、まずいな」

弓削は唇を嚙み締めた。

「何か手を打たないと……」

平野は思案を始めた。

「こうなったら、房子さまの頭越しになるが直接備前守さまに願い出よう」

「それは妙案ですが、備前守さまが会ってくださるかどうか。しかも、自分の知らないところで備前守さまと面談に及んだなどと知れば房子さまは臍を曲げられますぞ」

今度は平野が危惧した。

「なに、面談などせずともよい。もっと、効果のある方法がある」

思案がついたのか、弓削は自信を漲《みなぎ》らせた。

「すまぬが、青木《あおき》、三上《みかみ》、須田《すだ》を呼んでくれ」

弓削は平野に依頼した。唐突な頼みに平野は疑問を抱いたが弓削が策を立てたようだと感じ、黙って従った。

平野が青木、三上、須田を伴って戻って来た。三人とも緊張の面持ちである。

弓削は三人の顔を交互に見ながら語った。

「いよいよ悲願の御家再興の時が来た」

三人は緊張の度合いを強めた。

「そこでじゃ、貴殿らには拙者と共に本家に同道願いたい。承知してくれるか」

弓削が頼むと、

「むろんのこと」

青木が返事をすると須田と三上も首肯した。

「本家にて藩主、備前守さまに直接嘆願致す。なに、駕籠訴《かごそ》などではなく、ちゃんと面談を頂けるよう手筈を整えておる」

笑みを浮かべ弓削は言った。三人の顔も和らいだ。

「ついては、貴殿らには御家再興への思いを書面にしてもらいたい」

弓削が指示すると、

「文面は……」

　大きくうなずきつつも青木が問い直した。

「各々の心情をそのまま書き連ねてくれればよい。ただ、正和さま、秋千代さまの死が闇の中にあり、その闇を晴らす覚悟、という文言は入れてもらいたい」

　弓削は答えた。

　三人は応じた。

　早速、文机で三人は文書を書き始めた。弓削と平野は視線を合わせたが無表情を保った。

　三人が書き終えると弓削は文面を確認した。いずれも御家再興への強い気持ちに溢れている。弓削が要望した闇を晴らす覚悟、という文言も入っていた。

「かたじけない」

　弓削は書面を三人に返し、

「血判《けっぱん》を頼む」

　と、頼んだ。

　躊躇いもなく三人は脇差で親指を切り、書面に血判を捺《お》した。

「さて、一献《いっこん》、傾けるか」

弓削は三人を誘った。

ささやかな酒宴が催された半刻後、三人は酔い潰れたのかその場に倒れ伏した。

「他愛もない者たちだ」

弓削は冷笑を放ち平野を見た。

「この者たち、いかにしますか」

平野に問われ、

「本家の門前に運び、血判書を胸に切腹させる」

弓削が答えると、

「なるほど、三人は身命《しんめい》を賭して本家に御家再興を訴えかけたわけですな。血判書に記させた正和さま、秋千代君の死を覆う闇を晴らす要望は房子さまへの威圧《いあつ》となりますな」

平野も納得した。

「大八車《だいはちぐるま》で本家の門前に運び、切腹に見せかけて殺すぞ」

弓削はにんまりとした。

明くる日の昼下がり、平九郎は藤間源四郎と横手小町で面談に及んだ。

梅乃から連絡があり、今日の払暁《ふつぎょう》、早耳番に所属する三人が権藤本家の門前で切腹したそうだ。三人は御家再興を願う血判書を所持しており、血判書の中には正和と秋千代の死は闇の中にあり、それを晴らして欲しいと記されていたそうだ。

三人が自らの意志で切腹をしたのか、弓削に命じられたのかはわからないが、弓削は強引な手段に出たようだ。本家の当主備前守義孝に直接訴えかけるばかりか、正和は房子によって毒殺されたという噂に信憑性《しんぴょうせい》を持たせ、房子を威圧しているのだ。

弓削のことだ。

死を賭した三人の嘆願を最大限に利用するだろう。読売に書かせて世の同情を買うに違いない。本家と房子を追い詰めているのだ。

つくづく狡猾な男である。

「藤間さん、弓削と早耳番の動きが活発になりました」

平九郎は三人の早耳番が切腹した一件を話した。

「弓削は本家と房子さまを追い詰める腹ですね」

藤間は平生を保ったまま、弓削の狙いを見透《みす》かした。

「弓削は動きを活発にしております。房子さまが弓削を翻弄したと思いましたが、さすがに弓削は乗せられず、ちゃんと手を打ってきましたな」

評してから、

「いや、誉めている場合ではないですが」

平九郎は肩を竦めた。

「早耳番を統括するだけのことはあるということですな」

藤間も弓削の手腕を認めた。

「藤間さん、弓削の塾を調べてください……あ、いや、桜川を辞められますか。藤間さんは女将や料理人頭からえらく気に入られておりますものね」

平九郎は藤間の技量を賞賛した。

藤間は表情を変えることなく考えを述べ立てた。

「役目で料理人になっているのですから、辞めることに躊躇いはありません。ただ、辞めたことを弓削に知られれば不審がられます。弓削は拙者が大内家の隠密であることを知っております。ですから、桜川を辞めたら、自分たちの身辺が調べられるのでは、と警戒するのではないでしょうか」

「なるほど」

答えてから盛清の考えが思い出される。

盛清は大内家にも早耳番が必要だと言っていた。弓削にたぶらかされたと思っていたが、実際のところ、藤間源四郎一人が担っている。藤間が動けないなら大内家の探索活動は休止状態になってしまうのだ。

平九郎が担う留守居役の重要な役目は幕府や大名家の動きを調べることだ。しかし、それは料理屋の会合や佐川権十郎からもたらされる情報が多くを占める。そうでない場合は動き回り聞き込みを重ねるしかない。

藤間のように探索対象の屋敷や棲み処《か》に潜入して秘密情報を得るようなことはない。忍び、密偵、隠密と呼ばれる者は見つかれば命はないのだ。御家も守ってはくれない。隠密というと暗い印象だが藤間は飄々としていて暗さとは無縁だ。どんな役目もあっさりとやってのける。もちろん、平九郎には見せない努力を積んでいるのだろう。

藤間は、

「桜川は休みを取りますよ」

なんでもないように言った。

「身体の具合が悪くなったと……」

「それか、両親、親戚、身内が亡くなったことにでもしますよ」

あっけらかんと藤間は言った。

そういえば、藤間の身内はどうなっているのだろう。大内家の名簿には藤間の名前と身分は記載されているが家族の名は記されていないのだ。

平九郎は隠密らしからぬ辣腕《らつわん》の密偵への尊敬の念がふつふつと湧いてくるのだった。

二

明くる朝、弓削は早耳番を集めていた。

神田相生町の軍学塾である。懐刀《ふところがたな》である平野純一郎が脇に控えている。

「いよいよ、我らの悲願である権藤家再興が成る」

弓削はみなを見回した。

みな生き生きとした目つきで弓削の言葉を待っている。平野が弓削に向かい、

「石高はどれほどになりましょう」

と、問いかけた。

「公儀からは三千石程であろうな」

弓削が見通しを語ると、一同からは失望の声が漏れた。三千石の旗本では早耳番全てが召し抱えられる可能性は低い。浪々の身にあっても、武芸と学問を怠らなかった

自分たちの努力が報われないとなれば、御家再興が成っても喜びは半減だ。召し抱えられるのは弓削と平野くらいだろう。あとはたとえ仕官が叶ったとしても、若党であればよい方、おそらくは奉公人の身だ。

みなの心中を読み、

「そう失望致すな」

弓削は告げ、平野に目配せをした。

平野はこほんと空咳《からせき》をしてから、

「そこで、本家より七千石をご寄贈頂くことになった」

途端にみなの顔色が生き生きとし、希望に溢れた。一万石であれば大名である。旧領の一部が回復される、と平野は言い添えた。

「本家の備前守さまのご尽力だ」

弓削が告げると、

「ありがたい」

すかさず平野が言い添える。

早耳番の中から、

「どうして、備前守さまが、いや、房子さまが心変わりをなさったのですか」

という疑問が出た。

これには平野が答えた。

「実は、我らの同士、青木と須田、三上が本家の門前にて腹を切ったのだ」

一同がどよめいた。次いで、誰ともなく周囲を見回し、三人の姿がないことを確認した。みなの視線が弓削に集まった。

「青木、須田、三上は御家再興の嘆願書を脇に置いて腹を掻《か》っ捌《さば》いたのだ」

という弓削の言葉を受け平野が続いた。

「三人の決意を聞いたものの、弓削殿は止めたのだ。いくら御家再興のためとはいえ、腹を切ってどうする、と。しかし、三人はこのままでは御家再興はならず、せっかく努力してきた朋輩《ほうばい》たちが路頭に迷ってしまう。みなが路頭に迷うのを止めるため、亡き正和さまへの忠義のために三人が自らの命を捧げたのだ。三人のためにも御家再興、さらには隆盛《りゅうせい》を見るようにせねばならぬぞ」

みなの奮起を促すように弓削は言った。

平野が、

「備前守さまも、死を賭しての三人の嘆願を無視はできぬ」

「房子さまも応援してくださるのだ」

弓削も言った。

「房子さまが……」

みな半信半疑ながら、御家再興の可能性が大きくなったことを実感しているようだ。

「大いに勇め」

声高らかに弓削は一同に告げた。

全ての者が勇み立つような声で応じた。

弓削は満足そうにみなを見回した。

一同が帰ってから、

「これでよい」

弓削は平野に語りかけた。

「三人には気の毒なことをしましたが、これも御家再興のため、御家が再興されれば三人も報われるというものです」

平野は言った。

「まさしく、その通りだ」

弓削がうなずいたところで、川野順三の来訪が告げられた。弓削は通すよう言いつける。程なくして川野が入って来た。

「これは、川野殿、わざわざのお越し、痛み入る」

丁寧に弓削は挨拶をした。

川野も挨拶を返し、懐中から書付を取り出す。

「これは、房子さまからでござる」

川野は弓削の前に書付を置いた。弓削は一礼してから書付を取り、おもむろに開いた。

目を通すと弓削の眉間に皺が刻まれた。

「川野殿、約束が違うのではないか」

怒りを押し殺すような太い声で弓削は抗議をした。

「約束とはなんでござる」

平然と川野は返した。

「決まっておるではないか、御家再興につき、房子さまよりご賛同を頂く旨の証文をくださること、梅乃殿が伝えに来てくださいましたぞ」

弓削が責めるように言い立てると、平野も強い眼差しを向けてくる。

「そのことでしたら、その書状にも記してあると存じますが、正和さまと秋千代君の死が明らかになれば証文を遣わすのです」

平然と川野は言った。

「真相も何も病死ではござらぬか」

弓削は不快そうに返した。

「しかし、弓削殿は房子さまをお疑いだったではありませぬか。病死だとは思っておられぬのでは」

川野に矛盾点をつかれ弓削は言葉をつぐんだ。

「いかに」

今度は川野が詰め寄る。

「死の真相……」

弓削は呟いた。

「いかにも」

川野は一歩も退かない覚悟を示した。

「死の真相など」

弓削は悔しそうに唇を嚙んだ。

「今更、お二方の死を蒸し返してどうするのですか」

平野が憤った。

賛同するように弓削もうなずき、

「我ら正和さまと秋千代君の死を乗り越える。御家再興こそがお二人への何よりの手向《たむ》けなのだ」

都合のいい理屈で決意を示した。

すると川野は薄笑いを浮かべ、

「これは異なことを申される」

「なんですと」

平野は怒りを爆発させようとした。それを弓削が諫《いさ》め、

「承ろう」

川野の目を見た。

「昨日、早耳番の三人、青木、須田、三上らは本家藩邸門前で切腹をした。その嘆願状には正和さまと秋千代君の死を無念と綴《つづ》ってあったのですぞ。また、闇とまでも書かれておった」

川野は言った。

「それは」

弓削は平野と顔を見合わせた。

あの文言を入れたのは房子を揺さぶる目的であった。

「おまけに、どうしたわけでしょうな。読売にまで嘆願状の内容が漏れている」

平野は読売を持ちだした。

それは、弓削塾に出入りしている読売屋の豊年屋《ほうねんや》が特集をしている読売であった。

豊年屋は権藤家再興を応援する記事を連載している。その記事では最大の障害である房子を悪女と描き、正和と秋千代と思《おぼ》しき二人の死の背後にいると描かれているのだ。

「川野殿は拙者が豊年屋に漏らした、と申したいのか」

弓削の問いかけに、

「違うのですかな」

冷静に川野は返した。

「三人のうちの誰かが豊年屋に自分たちの想いを伝えたのだろう」

弓削は言った。

「そうであったとしても、備前守さまは三人の嘆願状を重く受け止めていらっしゃる。武士が死を賭しての嘆願、その嘆願状にしたためてあることを重視せねばならないのは当然のことでござる。よって、三年前の出来事を白日の下に晒《さら》すことが御家再興への道でござるぞ」

川野は迫った。

「そうであるな」

弓削は認めた。

「ならば、真相を明らかにいたそう」

平野も同意した。

川野は弓削と平野を見ながら、

「念のために申しておくが、房子さまは決して正和さまと秋千代君の死を病死とは思っておられません。やはり、病死であった、などとお茶を濁してすむものではありませんぞ」

と、鋭い眼光で見据えた。

「わかっております」

苦し気に弓削は返した。

「むろんのこと」

平野も同調した。

「ならば、そのこと、くれぐれもよろしくお願いをしたい」

川野は言い置いてその場から立ち上がった。

三

弓削は平野と密談に及んだ。

「とんだ藪蛇《やぶへび》ですな」

平野は苦笑を漏らした。

弓削は苦い顔をして、

「房子さまを追い詰めたつもりが、こちらが追い詰められてしまったようだ」

と、嘆いた。

「大丈夫です。弓削殿の企て、気づかれるものではありませぬ」

平野は言い立てた。

「この世に絶対はない」

弓削は吐き捨てた。

「椿が解き明かすと……ですが期限は明後日ですぞ。まずは、ばれませぬ」

平野は楽観視したが、

「そこが問題ではないか」

弓削の不安は去らない。

「問題ではありませぬぞ」

平野は首を傾げた。

「いや、これはな、二重に罠をかけられたのだ」

弓削は言った。

「いかなることですか」

「我らを追い詰める、まさしく王手飛車取りに出た。おそらくは、椿の狙いだ」

「はあ。困りましたな」

平野は腕を組んだ。

「仕方あるまい。もう一人、犠牲にするか」

弓削は目を凝らした。

「そうですな、御家再興の大儀のためでござる」

平野は何度も首を縦に振った。

その後、

「失礼致します」

と、一人の男が入って来た。

「八木《やぎ》、ご苦労」

平野が声をかけた。

八木稲次郎《いねじろう》は緊張の面持ちであった。

「御家再興の念願が叶おうとしておる」

弓削は語りかけた。

「まさしく、悲願が達せられます」

八木も満面に笑みをたたえた。

「ところが、一つ大きな障害があるのだ」

弓削は憂鬱《ゆううつ》そうに眉間に皺を刻んだ。

「いかがされましたか」

八木は身構えた。

「そなたの存在だ」

平野が言った。

「わたしの」

驚きと戸惑いの表情を浮かべ、八木は問い直した。

「心当たりはないか」

平野が迫る。

「はあ……」

首を捻り、八木は思案をした。

「考えろ」

平野は語調を荒らげた。

「ですが、わたしは……」

まったく、心当たりのない八木は戸惑うばかりだ。

「そなた、正和さまと秋千代君を殺《あや》めたではないか」

乾いた口調で弓削は告げた。

八木の目が大きく揺れ動いた。

「殺めたではないか」

今度は語調を強め、弓削は繰り返した。

「それはそうですが……弓削殿の命《めい》を受けたものではなかったですか」

八木はうろたえ、声が上ずった。

「確かに拙者の命令であった。あの時、そなたは御家のために尽くしてくれたな」

弓削は語りかけた。

しばらく黙り込んだが八木は落ち着きを取り戻して抗弁《こうべん》をした。

「その通りです。房子さまの専横《せんおう》を逃れるためでした。房子さまは本家の意向を当家に持ち込み、本家の意向に従った藩政でありました。それを打破して、分家に留まらぬ御家にしたい、という弓削殿の考えに共鳴したのです」

「それだけか」

不意に平野が声をかけた。

「それは……」

目を彷徨わせ、八木は言葉を詰まらせた。

平野は八木の前に座り顔を覗き込んで、

「そなた、早耳番の技を使いたかったのではないのか」

と、問いかけた。

「弓削殿から学んだ技、実戦で使えなければいかにも無駄であります」

八木は腹から絞り出すように答えた。

「そのそなたの気持ち、それが邪心《じゃしん》に変わったのではないのか」

平野は言う。

「いえ、そのような」

八木は否定したが、

「今更、自分を偽ってなんとする」

平野は畳み込む。

「偽ってなど」

八木の額に脂汗《あぶらあせ》が滲んだ。

「正直になれ」

平野も迫る。

八木の息が荒くなった。

やがて、八木は苦悶の表情を浮かべ拳を握った。

「御家のためだ」

平野は語調を強めた。

「それがしは、御家再興の邪魔でしょうか」

八木は苦悶の表情となった。

「わかったか」

表情を和らげ平野は語りかけた。

「それがしがいなくなれば、御家再興が叶うのですか」

思い詰めたように八木は確かめた。

「青木らを見よ」

平野が声をかける。

八木の目が凝らされた。

「自分で始末をつけることだ」

平野はすっと立ち上がった。

八木はうなだれた。

平野に代わって弓削が前に座った。うなだれている八木の肩に右手をそっと添える。

おずおずと八木は面《おもて》を上げた。

「これを」

弓削は脇差を八木の前に置いた。

「亡き殿より拝領致した。御家再興が叶ったなら、拙者はこれで腹を切ろうと思っておった。それが正和さまへの償いであると心に決めておったのだ」

静かに弓削は告げた。

「なんと」

八木は目に涙を滲ませた。

「しかし、この脇差、拙者が使っては不忠である。拙者はなまくら刀で腹を切る。そなた、せめてこの脇差を使ってくれ」

両目を見開き、弓削は頼んだ。

「は、はい……かたじけない」

八木は恍惚《こうこつ》とした面持ちとなった。

「受け取るがよい」

弓削は脇差を差し出した。

「かたじけのうございます」

仰々《ぎょうぎょう》しいまでの仕草で八木は両手で脇差を受け取った。

「よろしいのですね」

感激の面持ちで八木は念を押した。

何しろ、権藤家改易後、弓削が旧臣たちを鼓舞し、一致団結の証となったのが正和の遺物である脇差であったのだ。いわば、権藤家再興の象徴である。

「そなたにこそ預けたい」

弓削は静かに返した。

「ありがとうございます」

八木は涙にむせんだ。

「よい、そなたの忠義心、まこと武士道のあっぱれなる忠義だ」

弓削が言うと平野も真顔で首肯した。

「ありがたき幸せ」

八木は脇差を受け止め、それを感激の目で見つめていた。

すると、騒ぎ声が聞こえた。

次いで、

「盗人め！」

下働きの奉公人だ。

表情を引き締め、八木は立ち上がるや障子を開け、濡れ縁に出た。

庭に黒小袖を尻はしょりにし、手拭で頬被りをした男が立っている。奉公人が盗人に違いないと八木に訴えかけた。台所の餅を二つばかり盗んだだけのこそ泥とわかったが見過ごしていいものではない。

御家再興に身を捧げようと決意した矢先、崇高なる忠義に泥を塗られた気分だ。

「許さぬ！」

八木は庭に飛び降りた。

盗人は逃げると思いきや八木に近づいて来た。

八木は知るはずもないが藤間源四郎である。

四

藤間は八木から脇差を奪った。

八木は目を白黒させながら、

「貴様、何をする……こら返せ！」

「話は後、あっしは逃げますよ」

藤間は人を喰ったような物言いを返すや庭から飛び出した。

「盗人めが」

八木は藤間を追いかける。単なるこそ泥だと思っていたのだが意外にも俊敏とあって距離を縮めることができない。

藤間は頭上に掲げていた脇差を腰に差した。これが八木の更なる怒りをかき立てる。

「おのれ、盗人の分際で、亡き殿の形見を」

悔しさで顔を真っ赤にし、八木は藤間を追いかける。

八木をからかうように藤間は軽やかな足取りで夕闇迫る往来を疾走する。八木は必死で追いすがる。

と、藤間は小料理屋に入っていった。

「馬鹿な奴」

八木はほくそ笑んだ。

同時に安堵もした。これで袋の鼠、しかも、鼠自らが袋の中に入ったのだ。

八木は店の前で立ち止まった。小料理屋、横手小町と腰高障子《こしだかしょうじ》に記してあった。

何処かで聞いたことがある。

誰に聞いたのか思い出そうとしたが、

「そんなことはよい」

と、八木は息を調えた。

続いて大きく息を吸い込むと、力一杯腰高障子を動かした。

「いらっしゃいまし」

明朗な声が返され、声音にふさわしいにこやかな笑顔の娘が迎えた。店内を見回すと誰もいない。

「いらっしゃいまし、どうぞ、おかけください」

娘は女将のようだ。

「人を探しておる。少し前に男が入って来ただろう」

八木が問いかけると、

「お侍さま、お待ち合わせですか」

女将は、二階ですよ、と言った。

八木はうなずくと階段を上がっていった。階段を上がり、すぐの部屋に飛び込んだ。

すると、

「……貴殿は……」

目の前には大内家留守居役、椿平九郎が座している。平九郎の脇には正和遺品の脇差が置いてあった。

さては、盗人から取り戻してくれたのだろう、と感謝の言葉をかけようとした。すると、盗人は何処へ行ったのだろう。

「八木殿ですな」

平九郎は声をかけた。

「椿殿ですな」

八木は生真面目な様子で返した。

「これは八木殿の持ち物ですな」

平九郎は脇差を手に取った。

「かたじけない」

八木は平九郎の前に正座をして脇差を受け取ろうとした。

が、

「ひとつ約束をしてください」

平九郎は声をかけた。

はっとして八木は平九郎を見返す。

「切腹はしない、と約束して頂きたいのです。でないと、これをお返しするわけにはまいりません」

平九郎は言った。

「貴殿、どうして拙者が切腹など」

八木は激しく動揺した。

「亡き正和さまの形見であるこの脇差で切腹なさろうとしたのではないのですか」

平九郎は問いを重ねた。

「どうして……盗人に聞かれたのですか」

八木は困惑している。

平九郎は黙っている。

訳を知ろうと八木が半身を乗り出そうとしたところで、

「ああ……」

首筋がひんやりとした。手で触ると濡れている。頭上を見上げると天井の節穴から凧糸《たこいと》が垂れ下がっていた。

驚愕して視線を平九郎に移した。

すると天井の羽目板が取り除かれ、男がするりと下りてきた。

「盗人……」

思わず八木は口走ったが、平九郎と盗人の顔を交互に見て絶句した。

「椿殿、これはいかなることですか」

八木の声が大きくなった。

平九郎は藤間を見て、

「この者、盗人ではありませぬ。当家の早耳番の役割を担う藤間源四郎です」

と、紹介した。

「どういうことでござる。お戯《たわむ》れでございますか」

八木は不愉快そうに問いを重ねた。

「弓削殿の企てを阻止したいのです。お手助けくだされ」

平九郎は申し出た。

「何を藪から棒に」

八木は言葉に怒りを滲ませた。

「弓削殿は御家再興の名を借り、その実は乗っとりを計っておりますぞ」

平九郎は言った。

「そんな馬鹿な」

八木は横を向いた。

「馬鹿なことに思えるかもしれません。ですが、たった今、貴殿の首筋に水が垂れましたね。それはとりもなおさず、貴殿が正和さまを殺めた手法でござりましょう」

平九郎が指摘をすると、

「それは……」

「いかに」

平九郎は問い詰めた。

八木はうなだれた。

「正和さまに続き秋千代君を殺めたのも貴殿ですか」

尚も平九郎は問いかけた。

八木は面を上げることができないようだ。

平九郎は続けた。

「弓削殿の命令ですね」

観念したように八木は黙ってうなずいた。

それからがばっと勢いよく面を上げ、

「弓削殿は本家の威を借りて御家を壟断《ろうだん》する房子さまから御家を独立させんとして奮闘なさったのです」

「そう信じるのか」

ここで川野がやって来た。

「川野殿……」

八木は唖然として川野を見た。

「ただ今、椿殿が申された通りですぞ」

川野は言った。

「しかし、それは房子さまの言い分でござりましょう」

首を左右に振り、八木は抗《あらが》った。

「ならば、申します」

川野は落ち着いた口調で語り始めた。

それは、正和が藩主であった頃、二度飢饉と天災に見舞われたがその都度、房子は本家に出向いて嘆願し、借財と無償での大量の米の提供を受け藩の窮状を救ったという話だった。

「ならば、問う。房子さまはお志津さまと亀千代君を御家から追われたではないか」

八木は質した。

川野は寂し気に言葉を閉ざしていたが、

「それは、正和さまに問題があったのだ」

「正和さまに何があったと申すのだ」

八木はむきになった。

「正和さまは酒乱であられた」

「酒乱……」

八木は絶句した。

その表情は強張った。

平九郎が、

「心当たりがあるのですか」

と、問いかけた。

苦渋の顔となった八木は正和の酒乱ぶりを目《ま》の当たりにした経緯を語った。

「普段はとてもお優しいお方なのです。宴席で乱れることもありませんでした。それが、ある夜、そう、あれは本家から借財と米の提供を受けてしばらくしてからでした」

危機が乗り越えられる、落ち着いたということから正和は宴を催したのだ。早耳番を慰労してくれる席でもあった。

「正和さまは、藩政の大変さ、本家の介入について色々と愚痴をこぼしました。我らも正和さまのご苦労に感謝し、忠義の念を強くしたのです。従って、正和さまも初めのうちは穏やかに杯を重ねておられたのです。ところが、酔いが回って鬱憤《うっぷん》が爆発してしまったのです……突如激昂《げっこう》なさり……」

やおら、正和は大刀を抜いて広間を暴れ回った。奥女中の悲鳴が上がり、広間は混乱を極めた。奥女中の数人が怪我を負ったそうだ。

「不幸中の幸いは、死者が出なかったことです。やがて、騒ぎを耳になさった房子さまがいらっしゃいました。房子さまは毅然《きぜん》と正和さまをお諫めになり、正和さまは刀を捨てると酔い潰れてしまわれたのです」

このことは家中で内聞にされた。

正和の情緒不安定が危惧されると同時に房子には頭が上がらず、今後も本家の顔色を窺わねば藩として立ち行かないという諦めの空気が早耳番に漂ったそうだ。

この話を受け川野が言った。

「お志津さまは正和さまがお渡りになる時はとても恐れておられたそうですぞ」

正和は本家を背景とした房子には頭が上がらず、その鬱憤をお志津で晴らしていたそうだ。酒を飲むうちに房子や本家の悪口を並べるようになり、お志津がちゃんと話を聞かないと腹を立てたそうだ。

その頃のお志津は正和の顔色を窺う日々であったという。

「なんと」

八木は絶句した。

平九郎は小さく息を吐き、

「お志津さまは再興がなったとしても権藤家には戻りたくないと申しておられました。亀千代君も侍は嫌いだ、と言っておりました。訳は語りませんでしたが川野殿の話でわかりました。正和さまから受けたひどい仕打ちが脳裏を去らないのですな」

と、納得してうなずいた。

衝撃を受けたようで八木は口を半開きにしている。

呆けたような八木の顔を見ているうちにお志津の言葉が思い出された。お志津は権藤家を追われたことを恨んでいない、と。お志津の謙虚な人柄ゆえの言葉かと思っていたが……。

すると、平九郎の心中を察したように、

「房子さまは、正和さまが国許におられる時を見計らって、お志津さまと亀千代君を藩邸から出てゆくようなさったのです。ちゃんと、暮らしが立つような金子《きんす》を渡して……出入りの炭問屋弁天屋の主人が隠居すると聞き、主人にも金子を与え、お志津さまと亀千代君を引き取らせたのです」

川野の言葉は更なる八木の驚きを誘った。

「拙者が耳にしたこととはまるで逆でござります。拙者は弓削殿から欺かれていたのですな」

八木はがっくりとうなだれた。

「驚かれたでしょう。挙句に切腹までさせられそうになったのですぞ」

平九郎が言うと、

「情けない」

八木は自分を責め、愚痴を並べた。

平九郎は慰めの言葉をかけようと思ったがそれよりも、

「弓削の企みを砕きましょう」

と、誘いをかけた。

五

その日の夜、平九郎と佐川は並んで弓削一真の私塾に近づいていた。

平九郎は紺の小袖に裁着《たっつ》け袴《ばかま》を穿き、羽織は重ねていない。額には鉢金《はちばね》を施し、腰には大小を落とし差しにしていた。

佐川は普段通りの浅葱色地に極彩色で花鳥風月と咆哮《ほうこう》する虎を描いた小袖の着流し

姿だが、右手に持つ長柄の十文字槍が威風堂々《いふうどうどう》とした武者振りを示し、高下駄が佐川らしい婆娑羅《ばさら》な面を物語っていた。佐川特有の伊達《だて》や酔狂《すいきょう》で槍を持参しているのではなく、佐川は宝蔵院流槍術《ほうぞういんりゅうそうじゅつ》、免許皆伝の腕前である。

今宵は、雲はなく降るような星空が広がっている。佐川の高下駄が高らかに鳴り、平九郎の闘志をかき立てた。

私塾の裏門に至ると賑やかな宴の声が聞こえた。

「けっ、いい気なもんだぜ」

佐川が毒づいた。

平九郎は潜り戸を叩いた。

潜り戸が開いた。

出て来た男は佐川を見てぎょっとしたが、平九郎に気づいて安堵の表情となった。

「弓削殿に取り次いで頂きたい。房子さまの書状を預かってきました」

平九郎は胸を張り、懐に覗く書状を示した。

「どうぞ、お入りください」

男は平九郎と佐川を招き入れた。

二人は塾内を進み、庭に出た。

篝火《かがりび》が焚かれ酒宴が催されている。毛氈《もうせん》が敷かれ、早耳番たちが車座となり、各々に重箱が据えてある。鯛の塩焼き、蒲鉾《かまぼこ》、玉子焼き、蒸し鮑《あわび》が盛られ、角樽《つのだる》には清酒が満ちていた。御家再興は成ったものと、前祝をしているようだ。

弓削が満面の笑顔で迎え、

「一献、いかがかな」

と、平九郎に声をかけると平野が、

「あいにく、酒は横手誉ではなく、上方からの下り酒ですが」

平野は早耳番たちに膝を送って平九郎と佐川の席を用意させた。

「その前に房子さまの書状を……」

平九郎は弓削に向いた。

「そうでありましたな」

弓削は平九郎に一礼をした。

平九郎は書状を手渡した。両手で押し頂くようにして受け取るとさっと開いた。

笑みを浮かべながら視線を走らせるうちに表情が一変した。

険しい顔つきとなり、肩をぶるぶると震わせ、

「こ、これはどういうことだ。約束と違うではないか」

まるで平九郎が書状をしたためたかのように怒りをぶつけた。内容は房子が御家再興への手助けを断るばかりか、本家も弓削と早耳番とは絶交する旨が記されていた。更には、弓削と早耳番による正和と秋千代毒殺を弾劾《だんがい》し、潔《いさぎよ》く奉行所に出頭するか切腹せよ、と命じていた。

「違って当然でござろう。弓削殿が早耳番を使って正和さまと秋千代君を殺めたのですからな。房子さまにとって、弓削殿と早耳番は正和さまと秋千代君の仇ですぞ。仇の手助けなどなさるはずがない」

平九郎は弓削を睨みつけた。

上機嫌で飲み食いをしていた早耳番たちは箸を止め、ざわついた。

平野が武張った顔を朱色に染めて怒鳴り返した。

「椿、そなたがそんな出鱈目《でたらめ》を房子さまに吹き込んだのだろう。この、悪党め」

「悪党はどっちだ！」

平九郎は怒鳴り返した。

すると、八木が藤間に伴われてやって来た。

「八木……」

平野はまじまじと八木を見た。

「椿殿が申されたこと、真実だとみなも存じておろう。わしは弓削殿にたぶらかされて正和さまと秋千代君を毒殺した……。権藤本家から独り立ちした御家を作るという弓削殿の志に共感したからだ。みなも同じ思いだな。ところが、弓削殿は……弓削一真と平野純一郎は再興なった権藤家を牛耳《ぎゅうじ》って良い思いをするつもりだけだった。そのために、青木や須田、三上を切腹に見せかけて殺し、本家と房子さまを揺さぶったばかりか、それだけでは飽き足らず、わしにも切腹を迫ったのだ」

声高らかに八木は弓削と平野を弾劾した。

「おのれ、裏切りおって」

弓削は歯軋《はぎし》りし、

「みな、こいつらを始末しろ、早耳番の腕を見せてやれ」

と、早耳番たちをけしかけた。

「平さん、やるぜ」

佐川は十文字槍を両手で持ち、二度、三度としごいた。

平九郎は仁王立ちとなって腰の大刀を抜いた。

殺到して来た三人に佐川が向かい、槍で足払いをした。三人はもんどり打って毛氈に叩きつけられた。

重箱が割れ、料理が散乱する。

「勿体《もったい》ないな」

佐川は顔をしかめた。

平野は抜刀すると思いきや、両手に斧を持って風車のように振り回しながら平九郎に躍りかかってきた。

平九郎は後ずさりをし、竹林の中に入った。

平野は斧で竹を切り倒しながら平九郎に迫る。風車のように回転する斧の勢いはいささかも衰えず、次々と竹が切られ、平九郎は退路を断たれてしまった。

「椿、手、足、首、銅、ばらばらにしてやるぞ」

平野は両目をぎらつかせ、両手の斧を構え直した。

平九郎は大刀の切っ先を地べたに刺し、竹を上った。しかし、平九郎の重みで竹は大きくしなった。

そこへ、平野が間合いを詰めて来た。

「食らえ！」

平九郎は竹を摑んだ両手を離した。

大きくしなった竹が弧を描き、平野の顔面を直撃した。平野は仰向けに倒れた。顔面を血が染め、頬骨が砕かれているようだ。

地べたに刺した大刀を抜き、平九郎は倒れた竹を跨《また》ぎながら竹林を出た。

青龍刀《せいりゅうとう》を背負った男を相手に藤間が包丁で応戦している。青龍刀が藤間に振り下ろされた。藤間は軽快な動きで敵の刃を避け、懐に飛び込む。

刃がぶつかる鋭い音がした。

間髪容れず敵は青龍刀を振り上げたが藤間は間近に迫っていた。敵の顔が恐怖に彩られたのも束の間のことで、藤間の包丁は喉笛を切り裂いた。

鮮血が飛び散ったが器用な動きで藤間は避け、一滴の血も浴びなかった。しかも、全く息が乱れていない。魚を捌く料理人のようだ。

早耳番に勝る藤間源四郎の動きに平九郎は誇らしくなった。

佐川は十文字槍を振り回し数人を相手にして奮闘している。柄で敵の顔面を殴りつけ、石突きで鳩尾《みぞおち》を突き、五人を倒した。

背中に描かれた虎が躍動し、まさしく獲物に咆《ほ》えかかっているようだ。

劣勢に立たされたと見た弓削が、

「鉄砲だ！」

と、大音声《だいおんじょう》を発した。

鉄砲を持った敵が三人、平九郎に筒先を向けた。佐川が向かおうとしたが平九郎が止めた。

火蓋《ひぶた》が切られた。

平九郎は大刀を八双に構えた。佐川は槍を頭上に掲げている。藤間は包丁の柄を逆手に持っている。

三人とも鉄砲への備えはない。

発射された弾丸がそれるのを願うばかりだ。一発放てば弾込めまで時を要する。その間隙に反撃に転ずるしかない。

すると、平九郎の目に三人の背後の地べたを蠢《うごめ》く影が映った。篝火の炎が届かず早耳番で気づく者はいないが、まごうかたなき八木稲次郎であった。

八木は腹這いになったまま芋虫のように鉄砲を持つ三人に近づいている。

その時、

「椿、今度は逃さん」

という野太い声と共に平野が竹林から出て来た。血染めの形相で両手の斧を振り上げた。

その時、八木が立ち上がって平九郎たちから見て左に立つ男を押した。予想外の攻撃に泡を食った男は真ん中の男にぶつかり二人はもつれ合って転んだ。

「伏せろ！」

平九郎は叫ぶと共にしゃがんだ。佐川と藤間も身を屈《かが》めた。

右側の男の鉄砲が放たれた。

だが、男も驚きのために筒先が平九郎たちからそれていた。

弾丸は平野の額を貫いた。

「いい腕をしているじゃねえか」

佐川がからかいの言葉を投げながら腰を上げると、鉄砲を構える二人に駆け寄り、槍の柄で殴り倒した。

平九郎は弓削と対峙した。

「観念しろ」

平九郎の呼びかけに、

「おれにも武士の意地がある。早耳番の忍び技は使わぬ。正々堂々、武士同士、刀で勝負をしたい」

弓削は静かに返した。

「よかろう」

平九郎は応じ、佐川や藤間、それに八木に手出しをせぬよう頼んだ。

応じるように佐川と藤間、それに八木は平九郎と弓削から遠ざかった。

平九郎は正眼、弓削は大上段に大刀を構えた。

篝火が弓削の顔を揺らめかせ、薪《まき》の爆《は》ぜる音が緊張を高める。

「いざ！」

平九郎は弓削の懐に飛び込まんとすり足で間合いを詰めた。

弓削も飛び出した。

二人の刃が激しくぶつかり火花が飛び散った。

平九郎と弓削は刃を重ねたまま動きを止めた。お互い、一歩も退かず鍔迫《つばぜ》り合いを演じる。

渾身《こんしん》の力を込め、平九郎は弓削を押した。

弓削は倒れまいと踏ん張っている。それでも、ずるずると後退をする。

「たあ！」

裂帛《れっぱく》の気合いを発し、平九郎は押すと見せかけて退いた。

弓削の身体が前にのめる。

間髪容れず、平九郎は下段から大刀を斬り上げた。星影に照らされた白刃は流星の煌《きら》めきを放ち弓削の大刀を弾き飛ばした。

大刀は夜空に吸い込まれ、やがて池に落ちた。その拍子に鯉が跳ね上がる。

弓削は膝からくずれた。

「お見事だ、平さん」

佐川が称賛の言葉を投げた。

うなだれ、敗北感に打ちひしがれたと思《おぼ》しき弓削だったが不気味な笑い声を放つと腰を上げ、

「勝負はついておらんぞ」

と、懐中から短筒を取り出した。

「さすがは隠密だ。やることが汚い……おっと、藤間に失礼だな」

佐川は弓削を批難したが弓削は動じない。

平九郎は動ずることなく間合いを取り、弓削の動きを見定める。

初夏の夜風が月代《さかやき》を通り抜け、若葉が香り立った。

弓削の目は鋭く凝らされ、平九郎を射すくめんばかりだ。

平九郎はゆっくりと大刀の切っ先で八の字を描き始めた。狙いをつけようとした弓削の動きが止まる。

八の字を描きながら平九郎は表情を柔らかにした。つきたての餅のような白い肌が薄っすらと赤らみ、紅を差したような唇が艶《つや》めく。

弓削の目がとろんとなり、剣呑な表情が緩んでゆく。

今、弓削の眼前には国許の霊峰羽黒山《れいほうはぐろさん》の山並みが浮かび、滝の音が聞こえている。

羽黒山の石段を上る修験者《しゅげんじゃ》たちが目に映り、茶店で休む彼らの笑顔に心が和んだ。

勝負への熱が冷めそうになったところで、弓削は強く首を左右に振った。

我に返ったところで、改めて短筒の狙いをつける。

が、眼前にいるはずの平九郎の姿がない。

「横手神道流《しんとうりゅう》、必殺剣《ひっさつけん》朧月《おぼろづき》」

弓削の背後で平九郎は静かに告げた。

弓削が振り向くや、平九郎は首筋に峰討ちを食らわせた。

弓削は仰向けに昏倒した。


騒動が落着《らくちゃく》し、平九郎は佐川と共に横手小町で酒を酌み交わした。

さすがに弓削一真は観念し、切腹して果てた。早耳番は南町奉行所に召し捕られ、遠島《えんとう》になった。ただ、八木稲次郎だけは弓削や早耳番退治の手助けを勘案《かんあん》され、権藤本家に仕官することを誘われた。

ところが八木は弓削にたぶらかされたとは言え、正和と秋千代の命を奪った罪を悔い、本家の申し出を断った。

八木は武士を捨て、本草学の知識を生かして日本橋本町《ほんちょう》の薬種問屋で働くことになった。法庵の紹介だったそうだ。これからは、毒薬ではなく人に役立つ薬を広めろ、それが正和と秋千代を殺めた罪滅ぼしだ、と法庵に諭《さと》されたのだとか。

呑兵衛医者も偶《たま》には良いことを言う、と佐川は感心しきりだった。

お志津と亀吉は弁天屋に戻った。お志津は女将として先頭に立って店の切り盛りをしている。亀吉は寺子屋で優秀な成績を示し、大勢の友達ができたそうだ。

いつものようにお紺が愛想良く応対をしてくれる。横手誉を傾けながら、

「おお、そうだ。蕎麦を食べるか」

佐川は平九郎を誘った。

「わたしは遠慮しておきますよ。それより、佐川さん、どうして食べる気になったのですか」

深い疑念に駆られ、問い直した。

「気紛《きまぐ》れだよ。ま、恐いもの見たさというか食いたさ……ゲテモノ食いだな。はたまた、闇鍋《やみなべ》か。平さん、近々旗本仲間で闇鍋をやるんだ。よかったら参加してくれ。で、闇鍋に相国殿の手打ち蕎麦を持参するつもりなんだ」

佐川は笑った。

闇鍋は暗い場所で鍋を囲み、参加者が持ち寄った食材を煮込み、お互いに何が入っているかわからないまま食べる。

「みんな、どんな顔をするかな。闇の中だから、顔つきはわからないがな。持ち込んだ蕎麦を自分で食べることになっても困らないよう前以て味わうというか鍛えておこうという算段だ」

肩をそびやかし、佐川は蕎麦を注文した。

お紺がやって来て、

「今日は、お蕎麦はないのです。このところ、大殿さまはお蕎麦を打ちにいらっしゃらないんですよ」

と、言ってから、

「佐川さま、ひどいことをおっしゃいましたね。大殿さまがいらっしゃったら、告げ口をしますよ」

冗談めかしてお紺はぺろっと舌を出した。

平九郎と佐川は顔を見合わせた。

佐川が、

「例によって飽きたか」

と、鼻で笑った。

平九郎も同意した。

ほっとする反面、物足りなさも感じた。ぶつ切りで太い蕎麦は決して美味ではなかったが、酔いが回った舌には微妙な味わいで酔い覚ましになったのだ。

盛清が聞けば激怒しただろうが……。

「お紺、五日後に殿が上屋敷にお着きになる。今月の晦日に上屋敷に来てくれ。殿から感状と褒美が下賜《かし》されるからな」

平九郎が言うと、

「ありがとうございます。余所《よそ》行きの着物で行きますね」

朗らかな口調でお紺は礼を言った。

「いや、そんな気遣いは無用だ。普段着でよいぞ」

平九郎はよかれと思って言ったつもりだが、

「平さん、そりゃ野暮《やぼ》ってもんだ。お紺ちゃんだって偶には着飾って出かけたいんだよ。何しろ横手小町だ」

佐川の言葉はお紺の気持ちを代弁するもののようで、

「あたしも娘です」

と、にっこり笑ってお紺は調理場に向かった。

お志津は弁天屋の女将として逞《たくま》しく切り盛りをしている。

お紺といいお志津といい、実に逞しい。平九郎は二人や亀吉の幸せを願わずにはいられない。

併《あわ》せて、盛清が次はどんな趣味に耽溺するのか怖くもあり楽しみでもあった。

時代小説
二見時代小説文庫

宿願《しゅくがん》！ 御家再興《おいえさいこう》 椿平九郎《つばきへいくろう》 留守居秘録《るすいひろく》 8

二〇二三年 五 月二十五日 初版発行

著者 早見《はやみ》 俊《しゅん》

発行所 株式会社 二見書房
〒一〇一-八四〇五
東京都千代田区神田三崎町二-一八-一一
電話 〇三-三五一五-二三一一［営業］
〇三-三五一五-二三一三［編集］
振替 〇〇一七〇-四-二六三九

印刷 株式会社 堀内印刷所
製本 株式会社 村上製本所

落丁・乱丁本はお取り替えいたします。定価は、カバーに表示してあります。

ISBN978-4-576-23052-8
https://www.futami.co.jp/

早見俊

椿平九郎 留守居秘録

シリーズ

以下続刊

① 逆転！評定所
② 成敗！黄金《きん》の大黒
③ 陰謀！無礼討ち
④ 疑惑！仇討ち本懐
⑤ 逃亡！真実一路
⑥ 打倒！御家乗っ取り
⑦ 暴け！闇老中の陰謀
⑧ 宿願！御家再興

出羽横手藩十万石の大内山城守盛義は野駆けに出た向島の百姓家できりたんぽ鍋を味わっていた。鍋を作っているのは馬廻りの一人、椿平九郎義正、二十七歳。そこへ、浅草の見世物小屋に運ばれる途中の虎が逃げ出し、飛び込んできた。平九郎は獰猛な虎に秘剣朧月《おぼろづき》をもって立ち向かい、さらに十人程の野盗らが襲ってくるのを撃退。これが家老の耳に入り……。

早見俊

勘十郎まかり通る シリーズ

完結

① 勘十郎まかり通る　闇太閤の野望
② 盗人の仇討ち
③ 独眼竜を継ぐ者

向坂勘十郎は群がる男たちを睨んだ。空色の小袖、草色の野袴、右手には十文字鑓《やり》を肩に担いでいる。六尺近い長身、豊かな髪を茶筅《ちゃせん》に結い、浅黒く日焼けしているが、鼻筋が通った男前だ。肩で風を切り、威風堂々、大股で歩く様は戦国の世の武芸者のようでもあった。大坂落城から二十年、できたてのお江戸でドえらい漢《おとこ》が大活躍！

二見時代小説文庫

氷月 葵

神田のっぴき横丁

シリーズ

以下続刊

① 神田のっぴき横丁1 殿様の家出
② 慕われ奉行
③ 笑う反骨《はんこつ》

次は勘定奉行か町奉行と目《もく》される三千石の大身旗本真木《まき》登一郎《といちろう》、四十七歳。ある日突如、隠居《いんきょ》を宣言、家督《かとく》を長男に譲って家を出るという。いったい城中で何があったのか？ 隠居が暮らす下《しも》屋敷は、神田《かんだ》のっぴき横丁に借りた二階屋。のっぴきならない人たちが〈よろず相談〉に訪れる横丁には心あたたまる話があふれ、なかには〝大事件〟につながることも……。心があたたかくなる！ 新シリーズ！